novum pro

AF153334

Robert Rauscher

Der Weg
ist das Ziel

**Ein Suchender auf dem
Weg nach Santiago**

novum ✈ pro

Dieses Buch ist auch als
e-book
erhältlich.

www.novumverlag.com

Bibliografische Information
der Deutschen Nationalbibliothek:

Die Deutsche Nationalbibliothek
verzeichnet diese Publikation in
der Deutschen Nationalbibliografie.
Detaillierte bibliografische Daten
sind im Internet über
http://www.d-nb.de abrufbar.

© 2016 novum Verlag

ISBN 978-3-99048-534-7
Lektorat: Marianne Günther
Umschlagfoto: Robert Rauscher
Umschlaggestaltung, Layout & Satz:
novum Verlag
Innenabbildungen:
Robert Rauscher (88)

Gedruckt in der Europäischen Union
auf umweltfreundlichem, chlor- und
säurefrei gebleichtem Papier.

www.novumverlag.com

INHALTSVERZEICHNIS

DER LANGE WEG ZUM WEG

„Kaum zu glauben! Ich muss mich zwicken, möglicherweise träume ich nur und würde dann aufwachen", dachte ich. Doch es war echt! Ich war in Spanien, und das nicht nur als simpler Tourist, sondern als Pilger auf dem Weg nach Santiago de Compostela; einmal quer durch Nordspanien.

Es war der 28. März 2012 und ich saß im Gastgarten einer kleinen Bar in Bilbao, San Mames, der am Gehsteig aufgebaut war, trank ein kühles Cerveza unter der spanischen Frühlingssonne und genoss den Sonnenuntergang. Herrlich warm war es hier schon zu dieser Jahreszeit.

Den Ausgangspunkt meiner Wanderreise, nämlich Saint-Jean-Pied-de-Port sollte ich dann morgen erreichen. Nicht ahnend, auf was ich mich dabei eingelassen habe, fühlte ich mich einfach wie am Beginn eines lang ersehnten Urlaubs. Der Gedanke an die Tatsache, dass ich als Pilger, nur mit meinem Wanderführer, jedoch ohne Zimmerreservierungen, Tagesziele oder sonstige Pläne, in einem mir fremden Land auf mich allein gestellt war, klang für mich, als typischem AI-Clubpauschaltouristen, total verrückt und nach großem Abenteuer.

Also saß ich da, voller Aufregung, Hoffnung und Vorfreude auf das, was ich in den kommenden Tagen und Wochen wohl alles erleben würde. Natürlich war auch mein kleiner Zweifler im Kopf mit dabei, doch der war zu diesem Zeitpunkt eher leise, vermutlich da ich von der Anreise und der Vorfreude noch aufgeputscht war.

Positive Gefühle wie Vorfreude, welche mich sogar in Aufregung versetzt, sind großartig, waren jedoch leider voriges Jahr generell Mangelware, nachdem ich Schritt für Schritt in einen psychischen Teufelskreis bis hin zur Depression geraten bin.

Eigentlich war in meinem Leben alles okay. Ich war verheiratet, hatte einen Job als technischer Angestellter, hatte in unmittelbarer Umgebung ein paar Freunde, ein Auto, eine schöne Wohnung, knapp zehn Gehminuten von meiner Arbeitsstelle entfernt, und einen kleinen finanziellen Polster. Alles perfekt für einen Mann Ende zwanzig und ganz nach dem Motto: was will man eigentlich mehr? Und doch: ist nicht jeder etwas unzufrieden mit seinem Job und ist es wohl ganz normal, dass in der Ehe die Zweisamkeiten nachlassen, vor allem, wenn beide Partner berufstätig sind?

Rückblickend betrachtet, war mein Leben von Trägheit und Selbstverständlichkeit geprägt, die sich langsam aber sicher immer weiter breitmachten. So war immer weniger Platz für Veränderung und Entwicklung. Ich habe immer besser gelernt, das Leben von mir fernzuhalten. Diese Trägheit wurde hauptsächlich gefördert durch meine Ängste. Eine der Hauptängste war die Angst, nicht gut genug zu sein. Diesen Druck, den ich mir selbst auferlegt habe, immer zu den Besten, Schnellsten, Schönsten, Klügsten, Coolsten usw. zu gehören, verspürte ich schon zumindest seit dem Volksschulalter, und er hat sich mit den Jahren eher verstärkt.

Solche Ängste sind nicht gerade förderlich, wenn man Freundschaften sucht oder eine Beziehung anstrebt, weil man meistens einen gewissen „Sicherheitsabstand" bewahrt, damit man ja nicht zu viel von sich preisgibt und die Unsicherheiten entdeckt werden könnten.

Irgendwie hat es meine Frau Ines im Laufe der Zeit dennoch geschafft, durch meine „Sicherheitsschleusen" zu kommen, und wurde nicht nur zu meiner großen Liebe, sondern auch zu meinem besten Freund, einfach einem Menschen, bei dem ich wirklich Ich sein konnte. Der einzige Mensch und eine bildhübsche Frau noch dazu! Ihre Lebenserfahrung und die daraus resultierende offene Art und Charakterstärke beeindruckten mich und machten sie zu meinem Fels in der Brandung.

Leider hat das anscheinend auch nicht ausgereicht, sodass unser Leben nach über acht gemeinsamen Jahren in teilweise beruflich stressiger Zeit doch zu wenig gemeinsames Leben war und daraus viel zu oft ein Leben nebeneinander wurde. Zu diesem Zeitpunkt war anscheinend keinem von uns beiden so richtig bewusst, dass in unserer Beziehung etwas fehlte. Vor allem mir war es nicht klar, dass die Liebe alleine nicht ausreicht und eine funktionierende Beziehung auch Arbeit bedeutet. Gemeinsame, tiefsinnige Gespräche wurden weniger, wir haben immer seltener miteinander gelacht und die wenige gemeinsame Zeit wurde oft vergeudet durch z. B. Fernsehen, Social Networks oder zu viel Alkohol, der bei zahlreichen Gelegenheiten mit unseren Freunden floss. Sachen eben, die die Hirnfunktion auf Sparflamme setzen und vom Alltag ablenken.

Ines hegte schon viele Jahre einen Kinderwunsch, der immer größer wurde. Für sie stand damit eine neue, interessante Herausforderung in Verbindung. Eine Aufgabe, die ihrem Leben einen viel größeren Sinn geben würde als alles andere auf der Welt und sie somit erfüllen könnte.

Mich hingegen versetzte sogar schon der Gedanke an ein eigenes Kind in Panik. Ich hatte ja manchmal mit mir selbst, also den Grübeleien und Selbstzweifeln, genug Probleme, um gut durch den Alltag zu kommen. Ein Kind braucht viel Zuneigung, Zeit, Geduld und kostet viel Geld. Doch vor allem bedeutet es Verantwortung! Eine Verantwortung, nach der ich mich nicht gerade gesehnt habe, nachdem die Zweifel, ein guter Vater zu sein und im Alltag auch einer bleiben zu können, groß waren.

Außerdem würde ich einen großen Teil meiner „Freiheit" verlieren. Dann könnte ich nicht mehr einfach so den Job an den Nagel hängen, auswandern, einen trinken gehen, wann immer ich will, abschalten und faulenzen und so weiter und so fort. Der Gedanke an den Verlust dieser Freiheiten war noch schlimmer als der Gedanke an den Zuwachs an Verantwortung. Und wie kann man in die heutige Welt überhaupt noch einen Menschen setzen? Eine Welt, die von Umweltproblemen und Krisenherden nur so überschwemmt ist und sich die Menschheit in einem meiner Meinung nach sehr bedenklichen Wertewandel befindet, in dem ein faires und soziales Miteinander nicht mehr zeitgemäß ist, um nur die Spitze des Eisbergs zu benennen.

So schaffte ich es immer wieder, Ines mit ihrem Kinderwunsch zu vertrösten. Einmal eben damit, dass wir noch mehr als genug Zeit vor uns haben, ein andermal mit meiner persönlichen Unreife und dass ich einfach (noch) keinen Kinderwunsch hatte. Zuletzt habe ich auf Aufschub plädiert, weil ich in der Arbeit ein Verantwortungsgebiet von meinem Vorgänger, der in den wohlverdienten Ruhestand ging, übernommen hatte und mich erst beruflich festigen wollte.

In der Tat war das größere Verantwortungsgebiet für mich psychisch ein großer „Brocken", da ich die von mir wie meistens hochgesteckte Idealvorstellung nicht immer realisieren konnte. Erst später habe ich erfahren, dass mein Chef und die Firmenleitung immer sehr zufrieden mit meiner Arbeit waren. Also war meine Angst, alles nicht so zu schaffen, so wie meistens wieder sehr übertrieben.

Schließlich habe ich es also doch geschafft, mit der Position recht schnell zurechtzukommen.

Ende 2010 konnte ich dem Kinderwunsch von Ines also nichts mehr entgegensetzen. Ich dachte mir, dass sie schon recht hat und ich immer wieder neue Ausreden, Lebenssituationen oder sonstige Argumente finden würde, um die Familienplanung aufzuschieben und meine Freiheit zu wahren. Außerdem befürchtete ich, dass Ines sich nicht länger hinhalten ließe und ich sie verlieren könnte. Und ich wusste, dass sie eine sehr gute Mutter sein würde.

Ich fühlte mich zwar noch lange nicht reif für ein eigenes Kind, doch meine Sichtweise zu dem Thema würde sich dann schon automatisch ändern, dachte ich mir.

Also begannen wir zu Weihnachten 2010 mit dem „Basteln".

Der gemeinsame Urlaub wenige Wochen nach Weihnachten war für uns beide sehr nötig, da es für uns privat, aber vor allem beruflich vor Weihnachten meist eine sehr stressige Zeit war. Doch die gemeinsame Zeit konnte das Band zwischen uns diesmal auch nicht straffen, so wie es sonst immer wieder funktionierte, wenn wir zu viel Abstand zwischen uns zuließen.

Gerade zu diesem Zeitpunkt passierte Ines dann der Vertrauensbruch, der mein und unser Leben so verändert hat. Es war kein Betrug, doch das Küssen mit einem Anderen hat mir aber, wie man sich vorstellen kann, völlig gereicht. Mir ist unter Einfluss von Alkohol zwar auch schon so etwas passiert, und das vor gar nicht allzu langer Zeit, aber das war ja natürlich etwas ganz anderes – für mich zumindest.

Ich war schockiert und konnte es gar nicht fassen. Das sollte also der Dank dafür sein, dass ich mich für sie geändert habe, sie finanziell und moralisch beim zweiten Bildungsweg unterstützte und ihrem Kinderwunsch endlich nachkommen wollte? Dass mir so etwas passiert ist, konnte ich ja noch verstehen, aber doch nicht meinem Fels in der Brandung, der Frau mit so viel Weisheit und Herz, wie ich es sonst kaum bei einem anderen Menschen erfahren habe. Immerhin habe ich mich bis auf den kleinen angesprochenen Fehler für sie von Grund auf geändert, nachdem ich zu Beginn unserer Beziehung, zugegeben nicht unbedingt, die treueste Seele war. Damals musste ich mich, unerfahren, wie ich war, erst an eine Beziehung „gewöhnen", nachdem die meisten Damenbekanntschaften von für mich ausreichender, kurzer Dauer waren. Zu der Zeit war es einfach das Wichtigste, dass ich mich ausleben konnte und mein kleines Ego fütterte. Als ich in der Beziehung begann, Liebe zu verspüren, musste ich damit natürlich aufhören, denn das schlechte Gewissen fraß mich mehr und mehr auf.

Es war schlicht und weg eine wahre Katastrophe! Wieder zu Hause, musste ich nachdenken und brauchte ein paar Tage für mich allein. Konnte es für uns noch eine gemeinsame Zukunft geben, wenn so was in einer so wichtigen Phase der Beziehung passiert?

Ines war selbst sehr enttäuscht von sich, bereute den Zwischenfall und konnte sich selber nicht erklären, was da mit ihr los

war. Mir war auch schnell klar, dass es in Zukunft ein „Uns"
geben wird. Ich dachte mir, was ich für ein unfairer Feigling wäre, wenn ich wegen einer Lappalie alles hinschmeißen
würde, wo ich doch selbst schon viel schwerwiegendere Fehler
gemacht habe.

Also kam Ines wieder nach Hause und wir erlebten eine so
intensive Zeit miteinander wie noch nie zuvor. Durch stunden-
lange Gespräche wurde uns dann erst langsam, aber sicher klar,
dass in den vergangenen Monaten in unserer Beziehung einiges
nicht mehr ganz rund lief. Uns wurde bewusst, dass wir viel
mehr für die Beziehung tun müssen, und wir wollten es nie
mehr so weit kommen lassen, wie es gerade der Fall war. Trotzdem wollte ich das „Projekt Kind kriegen" fürs Erste auf Eis
legen, bis ich mich wieder gefangen habe, sich die Beziehung
stabilisiert hat und wir beide wieder nach vorne blicken können.
Natürlich wollte ich auch wissen, ob unsere gemeinsame Bastel-
arbeit nach einem Monat schon Früchte getragen hat, und habe
Ines vorgeschlagen, einen Schwangerschaftstest zu machen. An
einem Samstagmorgen kurz vor dem Frühstück, ich saß schon
bei Tisch, kam Ines plötzlich mit einem Becher Urin und dem
Schwangerschaftstest in der Hand zu mir und stellte beides
auf den Tisch, sodass wir den Test noch vor dem Frühstück
machen konnten. Er war schon nach wenigen Sekunden eindeutig und verdeutlichte sich nur noch, bis die in der Packungs-
beilage angegebene Zeit vergangen war. Danach ging ich auf den
Balkon, da mein folgendes Frühstück nur mehr aus zwei bis drei
Zigaretten bestand. Der Test fiel, wie befürchtet, positiv aus –
schwanger, wir werden Eltern! Ich nahm es aber gelassen auf
und war stolz darauf, Vater zu werden. In dem Moment konnte
ich anscheinend noch kaum realisieren, was wir soeben erfahren
hatten und dass sich unser Leben von Grund auf ändern würde.

Erst Tage später, als die Nachricht ganz im Hirn angekommen
war, bekam ich bei dem Gedanken daran ein ungutes Gefühl
und Zweifel, ob mir das in der jetzigen Situation nicht zu viel
sein würde. Danach kamen sogar noch Zweifel dazu, ob Ines

mir die Wahrheit erzählt hatte und auch wirklich treu gewesen ist. Immerhin wurde sie der Messung vom Frauenarzt zufolge nur wenige Tage, bevor sie mich so enttäuscht hatte, schwanger. Was, wenn sie mich einfach belogen hat und schon vorher was mit dem Anderen gehabt hat? Dann wäre alles möglich, was das Kind betrifft! Panik machte sich breit! Immer öfter ging ich den besagten Abend in Gedanken durch, um auf Widersprüche oder Auffälligkeiten zu stoßen. Immer öfter gab es ein Frage-Antwort-Spiel mit Ines zu dem Thema, das meist mit einem riesigen Streit endete. Es war klar für mich, ich musste es schwarz auf weiß sehen. Ich wollte einen Vaterschaftstest und konfrontierte Ines damit, was für sie auch kein Problem darstellte, da es für sie ja nur einen möglichen Kandidaten gab, nämlich mich.

Trotzdem schaffte ich es nicht, meinen Kopf von wirren Gedanken und möglichen Intrigen, also möglichen „Worst-Case-Szenarien", für mich zu befreien. Dadurch, dass ich alle möglichen Informationen zum Thema Vaterschaftstest im Internet recherchiert hatte, verschlimmerte sich meine Situation weiter. Medien wie das Internet sind reinstes Teufelszeug! Wie aggressiv und gewissenlos die Werbestrategie mancher Firmen auf die Angst der Menschen abzielt, ist unglaublich. Meine Verunsicherung und Verwirrung stieg weiter. Die Situation zwischen Ines und mir spitzte sich auch dementsprechend zu. Immer häufiger wurden von mir auch Situationen von Jahren zuvor zerlegt und hinterfragt. Könnte damals schon etwas Ähnliches vorgekommen sein? Es schien, als ob sich diese Gedanken verselbstständigten und ein immer größeres Gewicht bekamen, mir also immer realistischer erschienen. Daran konnte auch Ines nichts ändern, obwohl sie mit viel Geduld immer wieder mit mir sprach und meine quälenden Fragen ertrug. Wie sie so stark sein konnte und diese Situationen so lange ertragen konnte, werde ich wohl nie verstehen.

Die Paarberatung, in der wir uns schon seit Wochen befanden, half uns leider nicht weiter, weshalb wir sie wenig später auch abgebrochen haben. Das Problem entwickelte sich nämlich langsam von einem Beziehungsproblem zu einem Problem, das in meinem Kopf stattfand, also einem Problem von mir. Ich war also auf dem besten Weg zur Depression; die Anzeichen wurden immer konkreter.

In manchen Phasen fiel es mir bei der Arbeit so schwer, mich konzentrieren zu können oder einen Sinn in der Arbeit zu finden, dass ich mich auch dort immer mehr zurückzog. Die Stimmen in mir, die schon jahrelang über meinen Bürojob jammerten, wurden in der Situation besonders laut. Mir fielen immer mehr die Dinge auf, die mich die ganze Zeit schon wurmten, die ich die Jahre über aber immer ertrug. So viele Sachen hätte ich immer gerne probiert und erlebt. Doch nun saß ich auf dem Bürosessel wie ein uralter Mann und wollte nur noch nach Hause, um schlafen zu gehen. Die Motivation schwand Schritt für Schritt und ging gegen Null. Ich war einfach zu schwach, etwas Neues in Angriff zu nehmen, und der Mut dazu war ohnehin nicht mehr vorhanden, da das Selbstvertrauen und Selbstwertgefühl von ehemals schon nur Wallnussgröße nun auf Erbsengröße geschrumpft waren. Konnte es überhaupt noch gut für mich ausgehen? Manchmal glaubte ich nicht mehr daran. Ich grübelte: Entweder der Test bestätigt meine Vaterschaft, dann ist die Ehe wahrscheinlich so zerrüttet, dass es danach die Scheidung gibt, ich pleitegehe und mangels Motivation den Job verliere – und für einen anderen Job gibt es genügend andere und bessere Leute. Oder der Test bestätigt meine Horrorfantasien; ich wurde doch belogen, bin nicht der Vater, werde zur Lachnummer wie einer in den Talkshows im geschmacklosen Nachmittagsfernsehprogramm, kündige und ziehe mich als Verlierer in eine anonyme Großstadt zurück oder bring mich einfach gleich um. Also tadellose Zukunftsaussichten, die mir nur noch mehr Panik bereiteten. Unsere oberflächliche Gesellschaft, die teilweise so sensibel wie ein Terminator ist, brachte mich auch zum Kotzen. Ich war zwar nie der Typ, der großartig erzählt hat, wenn es ihm schlecht ging, konnte also nicht erwarten, dass meine Freunde auf mich eingingen und mir helfen wollten, aber diesmal ging es mir so schlecht wie noch nie und ich hatte den Eindruck, dass mir gewisse Menschen schon bewusst auswichen. Ich wäre neugierig gewesen, was schon alles hinter meinem Rücken über mich geredet wird. Richtig gute Freunde!?! Bei uns ist eben nur eines wichtig: nur keine Schwäche zeigen, denn geht's der Wirtschaft gut, geht's uns allen gut! Toller Propagandaspruch! Ach so, momentan geht es der Wirtschaft doch nicht so gut, darf es mir jetzt also schlecht gehen? Egal ...

Die Spirale drehte sich immer schneller und die selbst gelegte Schlinge um den Hals zog sich immer enger zusammen. Immer öfter spülte ich die Angst, die Trauer, das Selbstmitleid und die Wut über das ungerechte Leben mit Bier runter.

Doch in dieser ausweglosen Situation hatte ich wahnsinnig großes Glück namens Familie!

Ines' und meine Familie entwickelten sich in dieser Situation zu einem großen Anker in meinem Leben. Sie konnten mir immer wieder Mut zusprechen und bewogen mich auch dazu, einen Psychotherapeuten aufzusuchen. Das war das erste Mal, dass ich mit Menschen aus meiner Familie über meine Gefühle gesprochen habe, und es hat mich ihnen sehr viel nähergebracht. Eine sehr schöne Erfahrung, ganz im Gegensatz zu der Erfahrung mit den Psychologen bzw. Psychotherapeuten, oder wie auch immer sie heißen. Ich war als unwissender Leihe der Meinung, ich lege mich auf die Couch und der hat mich in ein paar Sitzungen wieder repariert. Leider sind psychische Probleme nicht so einfach zu behandeln wie z. B. eine Schnittwunde. Es werden einem in einer Gesprächstherapie lediglich andere Denk- und Sichtweisen aufgezeigt, also möglicherweise Türen geöffnet, durch die man aber immer selber gehen muss.

So eine Therapie setzt natürlich eine gewisse Gesprächsbasis voraus, die Chemie muss sozusagen passen. Ich wechselte also zuerst vom einen zum nächsten Therapeuten, bis ich einen gefunden hatte, bei dem auch die Sympathie ausreichend war für offene Gespräche. Leider wurden in dieser Zeit einige Psycho-pharmaka an mir ausprobiert, die ich aufgrund der Verzweiflung auch genommen habe. Doch kein einziges Medikament konnte mir helfen, eher im Gegenteil. Durch die stärkeren Medika-mente konnte ich am Leben kaum mehr teilnehmen. Körper und Geist kamen mir unter deren Einfluss vor, als ob sie von einem Zombie abstammen würden. Doch das permanente Gedankenkreisen und die Angst, die davon ausging, konnten diese nicht verhindern. Also habe ich nur mehr das nötigste von den „harmlosesten" Medikamenten genommen und es durch Kontakte aus Ines' Bekanntenkreis mit alternativen Behandlungs-formen ausprobiert. Leider auch mit eher mäßigem Erfolg. Im Laufe der Zeit stellte sich zwar eine geringe Verbesserung ein, und die immer noch laufende Gesprächstherapie verhalf mir möglicherweise tatsächlich zu mutigeren Denkweisen, doch es fühlte sich nur wie ein Tropfen auf den heißen Stein an. Ich konnte einfach nicht mehr vertrauen; der Welt, Ines, und mir!

Mit der Zeit wurde es mir immer klarer, dass der Weg aus meinen Problemen nur ein Weg zu mir selbst sein kann. Denn ich sowie alle anderen Personen, die über meine Geschichte Bescheid wussten, ob Verwandte oder Psychiater, waren sich sicher, dass mein Zustand nicht die Reaktion auf einen eher kleinen Fehler von Ines war, sondern dass es schon länger unter der Oberfläche brodelte und Ines damit das Fass nur zum Über-laufen brachte.

Es gab also zwei Möglichkeiten für mich:
1. Ich konnte nach den vielseitigen Versuchen, mein Glück in andere Hände zu legen und auf ein Wunder zu hoffen, resignieren. Es akzeptieren, dass ich ein selbstbemitleidender Feigling war, meine Ehe inklusive Kind abschreiben und jeden Tag so viel saufen, bis nichts mehr wehtut, oder
2. um meine Familie kämpfen, also selbst an mir arbeiten und Nähe zu mir finden.

Ich habe mich für Zweites entschieden und wollte die Lebenskrise, deren Ausmaße für mich immer größer wurden, nutzen, um generell in meinem Leben aufzuräumen. Doch wie sollte ich einen Weg zu mir finden und wo sollte ich anfangen? Ich begann mich für verschiedene Formen von Esoterik zu interessieren, um mich der Spiritualität und mir nähern zu können. Meistens ging ich jedoch viel zu verbissen an die Sache heran und wollte natürlich auch prompt Verbesserungen erkennen. Doch es passierte nichts. War ich zu blöd oder zu unsensibel für die ganze Sache mit der Selbstfindung? Danach habe ich mich eher wieder etwas von der Esoterik, die mir auch teilweise etwas zu abstrakt erschien, abgewendet und mit enormer Hilfe von Ines und unseren Familien etwas Mut gefasst, um auf sehr seltene, aber immer noch vorhandene positive Gedanken zu bauen und diese sogar etwas auszubauen. Esoterik hat mich immer noch sehr interessiert, aber ich glaube, je mehr man sich davon erwartet und je intensiver man sich selbst zu finden versucht, umso weniger funktioniert es.

Eine Sache hat mich allerdings immer mehr interessiert, je mehr ich mich damit beschäftigt habe.

Der Jakobsweg. Ich weiß gar nicht mehr genau, wie ich darauf gekommen war.

Als ich einmal mit Ines auf das Gesprächsthema Jakobsweg kam und dass es schön sein müsste, ihn zu gehen, erfuhr ich erst, dass das Buch „Auf dem Jakobsweg" von Paulo Coelho bei uns zu Hause herumliegt. Kurz darauf begann ich es zu lesen und es faszinierte mich. Obwohl es sich eher wie ein Märchen las als die schriftstellerische Darstellung eines Tagebuches, wurde es zu einer meiner Hauptinspirationen, den Jakobsweg zu bestreiten.

Als ich auf den Jakobsweg kam , war ursprünglich der Gedanke daran schön, eine Auszeit zu haben. Eine Auszeit von meinem Job, der mich nicht wirklich befriedigte, von der Gesellschaft, von der ich mich immer mehr abkoppelte, einfach von meinem Alltag. Auch Ines hätte bestimmt eine Auszeit von mir nötig, nachdem ich ihr die letzte Zeit mit mir nicht gerade einfach machte, sie aber immer noch da war und zu mir hielt und helfen wollte, wo sie nur konnte. Außerdem ging ich ja gerne spazieren. Es war einfach nur der Gedanke: weg von hier, weg von den Problemen und Zeit für mich zu haben!

Doch seit Coelhos Buch beschäftigte ich mich auch zunehmend mit der spirituellen Seite des Jakobsweges und las weitere Bücher zu dem Thema. Diese Informationen und Erfahrungsberichte waren höchst interessant und ich dachte mir, dass der Jakobsweg mit seinen Herausforderungen charakterstärkend wirken könnte, genau deswegen eine große Hilfe auf dem Weg zu mir selbst sein könnte. Ich begann, neben dem Abenteuer immer mehr eine Chance für mich und meine Familie im Jakobsweg zu sehen, die ich absolut nutzen wollte. Ines meinte auch, dass ich es machen sollte. Sie würde mich unterstützen und gehen lassen, damit ich wieder dem näherkommen könnte, in den sie sich damals verliebt hatte, und ich somit mein Misstrauen in Spanien liegen lassen sollte.

Bald war es für mich beschlossene Sache, das durchzuziehen. Ich war ja schon an einem Punkt angelangt, an dem sich die Prioritäten sehr verschoben hatten und einiges, was so wichtig im Leben war, auf einmal völlig unwichtig wurde. Ich wusste noch nicht, wie ich die nötige Zeit für den Jakobsweg von meinem Arbeitgeber bekommen sollte, da ich tatsächlich eine kleine Auszeit anstrebte und nicht bei einem wichtigen Projekt wie dem Jakobsweg auf die Uhr schauen wollte, wobei der Sinn der Sache verwässert werden könnte. Denn: „Der Weg ist das Ziel." Das sollte in viel mehr Bereichen des Lebens gelten, aber eben besonders am Jakobsweg. Es hat bei mir „nur" ca. 700 Kilometer gedauert, bis ich es verstanden hatte, aber dazu später.

Außerdem wollte ich auch Zeit haben, um meinen Stressor auf ein normales Maß reduzieren, in mich gehen zu können und zu horchen, wie mein weiterer (Lebens-)Weg aussehen sollte. Ich wollte diese Krise als Chance für mein Leben nutzen. Ich wollte es schaffen, mutig Ja sagen zu können zum Leben mit all seinen Herausforderungen und nicht nur gut funktionieren zu können in einer Rolle.

In letzter Konsequenz hätte ich gekündigt. Ich habe eine Liste mit positiven und negativen Punkten oder Eindrücken über meine Firma gemacht, wobei das Ergebnis sehr eindeutig ausgefallen ist – gegen die Firma! Somit wollte ich über kurz oder lang sowieso eine Arbeit finden, die mich mehr erfüllen kann. Durch ein Gespräch mit einem Bekannten wurde ich auf die Bildungskarenz aufmerksam gemacht. Es ist eigentlich ein Instrument vom österreichischen Arbeitsmarktservice, um die Statistiken zu den Arbeitslosenzahlen in Zeiten der Krise schönen zu können, doch jeder Arbeitnehmer mit bestimmten Voraussetzungen kann sie bis zu einem Jahr in Anspruch nehmen. Eine der Grundvoraussetzungen war die Zustimmung vom Arbeitgeber; die schwierigste Hürde für mich, alle anderen Voraussetzungen konnte ich erfüllen. Ich hielt es für äußerst unrealistisch, dass mich mein Arbeitgeber, ein Unternehmen aus der Privatwirtschaft, in Bildungskarenz gehen lässt, da unser Büro durch natürlichen Abgang und nicht Nachbesetzung schon eher unterbesetzt war.

Doch ich musste es herausfinden. Also nahm ich meinen ganzen Mut zusammen und sprach mit meinen Chefs über das Thema und meine psychisch labile Verfassung, was einer der ersten und schwersten Schritte zum „Camino" war. Doch mein Kopf blieb auf meinem Hals und nach mehreren Gesprächen mit den Chefs und auf Berufung meiner Befunde und der Voraussetzung, dass die Bildungsmaßnahme wenigstens irgendwie mit der Branche verwandt oder dort anwendbar sein sollte, erklärten sie sich damit einverstanden, mich für ein Jahr vom Dienst freizustellen. Als Bildungsmaßnahme passten zwei Semester an einer technischen Universität gut in meinen Plan, da es hierbei ausreichend vorlesungsfreie Zeiten gab, um meine Vorhaben umsetzen zu können.

Das war also mein Ticket zum Jakobsweg! Es fühlte sich so unrealistisch an, diese Idee wirklich umsetzen zu können, dass mich der Gedanke daran auch nicht sehr verunsichert hatte. Außerdem dauerte es ja noch Monate, bis es so weit sein sollte.

Eine Zeit, die nicht leicht für mich wurde. In der Arbeit hatte ich einen großen Auftrag unter meiner Verantwortung zu bearbeiten, bei dem es sich um technisches Neuland für mich und die Firma handelte, und meine Motivation war schon ganz woanders.

Mein Gesamtzustand hatte sich zwar etwas gebessert, aber es genügten Kleinigkeiten, ob beruflich oder privat, um mich aufzuregen und zu verunsichern. So gab es in dieser Zeit immer wieder psychische Rückfälle, die sich auf die Beziehung, die ohnehin schon auf wackeligen Beinen stand, wie Gift auswirkten. Somit gewannen zwischendurch auch immer wieder meine massiven Vertrauensprobleme an Größe, die durch meine scheußlichen Fantasien genährt wurden. Ines tat nach wie vor ihr Möglichstes, um mir zu helfen, doch als Hochschwangere und nach monatelangem Kampf um uns schwanden ihre Kräfte deutlich. Sie musste einfach mehr Augenmerk auf sich und unser ungeborenes Kind legen, wodurch es für mich etwas schwieriger wurde, aus meinen Tiefs herauszukommen. Es war wie ein nervenaufreibendes Absitzen der Zeit.

Obwohl das Bewusstsein wuchs, dass diese Krise auch sehr positive Aspekte für mich hatte, wie zum Beispiel ein engerer und offener Umgang mit Familienmitgliedern, Selektion von Freundschaften, Wille und aufkeimender Mut zur beruflichen Veränderung, dass ich mit Ines wieder richtig reden konnte, außer übers Essen oder Ähnliches, dass ich sagen konnte: „Ich liebe dich", ohne dass es mir peinlich war, überwog immer noch die meist depressive Stimmung und die Unsicherheit, belogen zu werden und nicht gut genug zu sein.

Am 2. Oktober 2011 brachte Ines endlich einen gesunden Buben zur Welt. Unser bildhübscher Sohn Leonard erblickte das Licht der Welt und es war ein unbeschreibliches Gefühl, dabei zu sein. Also machte ich mir auch über die Geschichten von den Männern, die dabei in Ohnmacht fielen, umsonst Gedanken. Alles ging gut und wir verbrachten die ersten Tage zu Hause als Familie.

Doch erst als ich nach wenigen Wochen auch schwarz auf weiß meine Vaterschaft bestätigt sah, konnte ich erstmals frei durchatmen. Doch die Euphorie verblasste bald, nachdem mein kränkelnder Verstand erst Schritt für Schritt dieses simple Stück Papier annehmen und damit umgehen konnte. Es war schließlich Ines' Bedingung, dass nach dem Test Schluss sein muss mit den Fragerunden und den Misstrauensvorwürfen, die sie so trafen. Also war es für mich die letzte Bestätigung, die ich kriegen konnte. Was wollte ich eigentlich mehr? Die Kernfrage meiner Qualen, meine Vaterschaft, war bestätigt, und trotzdem konnte ich nicht sofort aufhören, nach Bestätigung zu suchen. Ich glaube, ich suchte einfach weiter nach der Bestätigung, ein Partner zu sein, der gut im Bett, liebevoll und humorvoll ist und gut aussieht, also souverän genug ist. Dementsprechend enttäuscht waren wir beide, als die Hoffnung, der Vaterschaftstest sei das „Allheilmittel", sich nicht bestätigte.

Es wurde schon sehr viel kaputt gemacht, und wenn es so weitergegangen wäre, wäre auch Ines' letztes bisschen Liebe zu mir verschwunden.

Zuerst wollte ich es ihr ausreden, aber mit der Zeit verstand ich es immer mehr und unterstützte Ines' Pläne, mit Leonard vorübergehend in eine eigene Wohnung zu ziehen, um einen „freien" Lebensraum zu haben, der es ihr ermöglichen könnte, sich mit ihrer ganzen Liebe um unseren Nachwuchs zu kümmern, so, wie es ihm zustand, und um mir die Chance zu geben, selbst meine Probleme in den Griff zu bekommen. Neben den ganzen Selbstzweifeln entstanden immer häufiger Schuldgefühle, die mir klarmachten, was ich in den letzten Monaten meiner Frau angetan habe, und die mir einhämmerten, was ich für ein Versager sei, so eine Frau wegen meiner Komplexe zu verlieren.

Es war ein harter Brocken für uns beide, wie weit es gekommen war.

Doch mit Hilfe der Familie schaffte ich es wieder mal, mich nicht hängen zu lassen, und auf die Hoffnung hin, eine räumliche Trennung noch abwenden zu können, habe ich mich zusammengerissen und wir haben phasenweise wirklich schöne Zeiten miteinander verbracht und ein Familienleben genießen können. Doch natürlich kam irgendwann ein Moment, in dem es mir nicht gut ging und ich in das alte Muster zurückfiel, worauf der Entschluss mit der Wohnung dann wirklich in die Tat umgesetzt werden sollte. Wir besprachen also, wie wir finanziell am besten über die Runden kommen könnten, und haben uns geeinigt, dass Ines eine etwas größere Wohnung nehmen sollte, als ursprünglich geplant, um alle Möbel mitnehmen zu können, unsere Wohnung würden wir kündigen und ich sollte vorerst bei meinen Eltern wohnen. Mein Platz war für mich unwichtig, ich brauchte sowieso nur eine Überbrückung bis zum Jakobsweg. Wie es danach weiterginge, würden wir ja sehen.

Leonard sollte ich sowieso jeden Tag sehen und Ines wollte auch immer zu mir stehen. Sie hätte sich auch auf ein Date mit mir gefreut, wir sollten einfach neu zueinanderfinden, sie wollte sich neu in mich verlieben.

Dieser Beschluss war ein Schlüsselerlebnis, denn es geschah nicht das, was wir uns davon erwartet hatten. Wir waren nicht traurig darüber und hatten einen sehr liebevollen und respektvollen Umgang miteinander und es gab keine Vorwürfe, was alles falsch gemacht wurde. Diese Entscheidung hat enorm viel Druck von uns genommen. Es ging nicht nur Ines, sondern auch mir viel besser. Ich musste nicht mehr verzweifelt und mit aller Energie nach der Lösung der Probleme in meinem Kopf von heute auf morgen suchen, sondern konnte es etwas unverkrampfter angehen.

Nach ca. zwei gemeinsamen und schönen Monaten wurde es langsam ernst mit der Planung der Übersiedelung und es stellte sich die Frage, ob wir nach dieser Zeit überhaupt noch an dem Plan der getrennten Wohnsitze festhalten wollten. Nach reiflicher Überlegung haben wir beschlossen, gemeinsam in die neue Wohnung zu ziehen, es als eine Art Neuanfang für uns zu sehen, und um mit vielen negativen Erinnerungen und seelischen Schmerzen, die eben auch mit der alten Wohnung verbunden waren, abschließen zu können.

In der Zwischenzeit war es endlich so weit, der letzte Arbeitstag war gekommen und für die Inskription an der Uni alles vorbereitet. Es fühlte sich endlich wieder mal so an, als ob alles seine richtigen Bahnen geht. Zwar war es zehn Jahre nach der Matura und nach neun Jahren im Berufsleben eine Herausforderung, wieder das Lernen zu lernen, aber es war mir ja nicht wichtig, zu den Besten des Jahrgangs zu gehören, da meine Motivation für dieses Jahr ganz woanders lag.

So kaufte ich nach und nach die Ausrüstung für meinen Weg zusammen. Bei mir als Antisportler war so etwas zu Hause natürlich mangels Gebrauch gar nicht vorhanden. Anhand diverser Packlisten im Internet wusste ich ja, was ich so brauchte; zumindest theoretisch! Der heikelste Punkt hierbei war für mich nun das Gewicht. Bei jeder dieser Packlisten wurde eindringlich darauf hingewiesen, ja nicht zu viel mitzunehmen, am besten unter zehn Kilogramm Gepäck zu bleiben. Bei mehr könnte es schon schwer werden, den Weg zu schaffen, da die Belastung auf den Körper ungleich höher wäre.

Zum einen hatte ich schon einen Bandscheibenvorfall hinter mir und darauf hätte ich besonders im Ausland kein zweites Mal Lust, und zum anderen habe ich es leider nicht geschafft, Bekannten und Verwandten zu verheimlichen, dass ich den Jakobsweg gehen werde; ich wollte mir also auch keine Blöße geben. Natürlich habe ich mir auch vorgenommen, ausgedehnte Probewanderungen bei vollem Gepäck zu unternehmen, um die perfekte Einstellung am Rucksack zu finden, um meinen Körper wenigstens ansatzweise auf die Belastung vorzubereiten und die neuen Klamotten einzutragen.

Doch vorerst gab es wichtigere Dinge zu erledigen wie zum Beispiel das Ausmalen der Wohnungen und unser Umzug. Schrecklich, wie viel sinnloses Zeug man so ansammelt. Doch mit der tollen Unterstützung, die wir bekamen, konnten wir in wenigen Tagen in der neuen Wohnung schlafen.

Wir genossen die gemeinsame Zeit in der neuen Umgebung.

Es hat mich fast überrumpelt, aber plötzlich waren es nur mehr ein paar Tage bis zu meinem Abflug.

Der Jakobsweg war immer in weiter Ferne und nun rannte mir förmlich die Zeit davon. Durch die stressige Anfangszeit der Bildungskarenz wegen der Anfangsphase im Studium und dem Wohnungswechsel habe ich es letztendlich gar nicht mehr geschafft, mich körperlich darauf vorzubereiten. Wenigstens hatte ich schon den Hinflug gebucht, das Zimmer für die erste Nacht in Bilbao und den offiziellen Pilgerpass bestellt. Bilbao deswegen, weil ein Flug ab Österreich zum St.-Jean-Pied-de-Port nahegelegenen Flughafen in Biarritz ein ziemlich unbezahlbarer Spaß gewesen wäre. Weiters habe ich mich über die Bus- bzw. Zugverbindungen von Bilbao nach Bayonne und weiter nach Saint-Jean-Pied-de-Port erkundigt. Inzwischen war auch mein Wanderführer, den ich bestellt hatte, zu Hause angekommen. Den öffnete ich das einzige Mal zu Hause, um die Seiten, die den aragonischen Jakobsweg beschreiben, der erst vor Puente de la Reina in den „Camino Francés" mündet, herauszureißen. Wie gesagt: jedes Gramm zählt!

Ich habe noch eine Reiseversicherung und bei meinem Mobilfunkanbieter ein akzeptables Roaming-Paket abgeschlossen, um regelmäßig und bezahlbar mit meiner Familie in Kontakt bleiben zu können.

Näher wollte ich mich mit organisatorischen Dingen, wie Tagesetappen, Herbergen beziehungsweise Pensionen oder Sehenswürdigkeiten, gar nicht weiter belasten. Ich hatte ja meinen Wanderführer. Abgesehen davon steht „Planung" im krassen Gegenteil zum Hintergrund des Jakobsweges als spiritueller Weg. Meine einzige Sorge aus organisatorischer Sicht war die erste Etappe über die Pyrenäen nach Roncesvalles. Aus Büchern wie dem von Hape Kerkeling wusste ich, dass ich es nicht gleich übertreiben und mich zu sehr verausgaben darf, um nicht am

Anfang schon eine Pause von mehreren Tagen zu riskieren. Ich wusste also noch nicht, wie ich meine erste Etappe gestalten sollte. Es gab für mich zwei Möglichkeiten, nämlich die schönere „Route Napoléon", diese aber auf zwei Tage gesplittet, oder doch lieber die unspektakulärere, einer Straße entlang verlaufende „Route Valcarlos", die kürzer und leichter zu gehen und in einem Tag zu bewältigen wäre.

Natürlich soll man sich für den Jakobsweg die nötige Zeit nehmen, aber ich wollte auch nicht länger von meiner Familie getrennt sein als unbedingt nötig. In Gedanken habe ich sowieso schon mehrere wanderfreie Tage eingerechnet. Nach kurzer Überlegung bin ich aber zum Entschluss gekommen, mich für die schönere Route zu entscheiden, vorausgesetzt, dass das Wetter mitspielen würde. Mehrere Pilger sollen sich nämlich schon im dichten Nebel auf den Bergen verirrt haben.

Perfekt wäre es für mich also, eine Nacht in der Herberge Orisson zu verbringen, welche auf französischer Seite der Pyrenäen auf der Route Napoléon liegt. Auf der Homepage stand, dass auch Reservierungen entgegengenommen werden, was bei den Herbergen keinesfalls die Regel ist.

Also habe ich dem Besitzer der Herberge zwei oder drei Tage vor Abflug per E-Mail eine Anfrage geschickt, ob am 29.03. noch ein Bett für mich frei wäre, worauf ich am nächsten Tag die Antwort erhalten habe, dass die Saison leider erst am 30.03., also genau einen Tag später, eröffnet würde. Zufall, Schicksal oder Bestimmung? Seitdem ich mich mit spirituellen Themen beschäftigte, glaubte ich nicht mehr so sehr an Zufälle, eher im Gegenteil, nämlich, dass nichts ohne Grund passiert.

Also freundete ich mich in Gedanken mit der Route Valcarlos an und dachte mir: „Wer weiß, wofür es gut ist?"

Der Zeitpunkt meiner Abreise rückte unaufhörlich näher und ich wurde im selben Maße nervöser.

Doch anscheinend nicht nur ich, sondern auch die meisten meiner Angehörigen, die mich immer öfter mit Fragen zum Jakobsweg und meinen Vorbereitungen löcherten oder einfach mit „guten" Ratschlägen oder negativen Meinungen, was sie so über den Jakobsweg gehört oder gelesen hätten, vorbereiten wollten. Irgendwann konnte ich das Thema nicht mehr hören. Ich verstand nicht, wie man sich über so viele Kleinigkeiten, die einen selber gar nicht betreffen, so viele Gedanken machen kann. Doch war ich selbst nicht anders, indem ich mich viel zu sehr mit Worst-Case-Gedanken auseinandersetzte, Szenarien, die mich höchstwahrscheinlich nie betreffen werden. Aber so war es ja schon immer bei mir. Ich konnte mich richtig ärgern über diese Tatsache und dass ich mir damit manchmal selbst die Vorfreude nahm. Das wollte ich auch unbedingt mit Hilfe des Weges in den Griff bekommen, ich wollte einfach mutiger werden. Denn so kurz vor der Abreise hatte ich gar keine Lust mehr auf den Jakobsweg. So viele Zweifel, ob er mir wirklich eine Hilfe sein könnte. Außerdem wollte ich Ines und Leonard nicht für so lange Zeit alleine lassen.

Aber zum Glück stand der Entschluss fest und ich war schon zu weit gegangen, um jetzt umzukehren, der Jakobsweg war mir zu wichtig geworden. Ines hatte mir wieder mal Mut gemacht, indem sie mir sagte, es wäre egal, wie weit ich käme, ich sei schon weiter gekommen als die meisten Menschen, die einmal gerne den Jakobsweg gehen möchten, und wenn ich in ein paar Tagen wieder daheim sein sollte, würde es sie auch freuen. Ich bin jedes Mal von Neuem beeindruckt von der Einstellung meiner Frau!

Ich packte also am Vorabend des Abfluges meinen Rucksack und feilschte dabei um jedes Gramm mit einem Endergebnis von knapp neun Kilo Gepäck. Ich war stolz auf mich, die vorgegebenen zehn Kilo so deutlich unterboten zu haben.

Am nächsten Morgen war ich schon ziemlich angespannt, immerhin begab ich mich fühlbar auf die wichtigste Reise meines Lebens, und ich flog zum ersten Mal alleine ins Ausland. Wir fuhren also zum Flughafen Graz, wo ich mich von meiner Familie verabschiedete und es somit einer der schmerzlichsten Momente des gesamten Jakobsweges war. Nach tränenreichem Abschied brauchte ich erst mal ein paar Zigaretten und ein Bier vor dem Abflug nach Palma de Mallorca. Nein, ich bin nicht etwa heimlich in den Urlaub geflogen, aber von dort ging mein Anschlussflug nach Bilbao.

Ich habe also eingecheckt, mein Gepäck abgegeben und die nette Dame am Schalter gefragt, ob ich meine Teleskopwanderstöcke als Handgepäck mit in die Kabine nehmen dürfte, was sie bejahte, sofern es mein einziges Handgepäckstück sei, was der Fall war. Der Herr später bei der Sicherheitskontrolle war da anderer Meinung, worauf ich die Stöcke in Verwahrung nehmen ließ, da ich keine Lust hatte, wieder zurück zum Schalter zu gehen und sie gegen Aufpreis nachträglich einchecken zu lassen. Außerdem empfand ich sie sowieso als etwas lästig.

Meine Faszination für die Luftfahrt konnte mich etwas vom Abschiedsschmerz ablenken.

Doch nicht der Abschied von meinen Stöcken tat mir weh, zumindest noch nicht, sondern der von Leonard und Ines. Immer wieder keimte die Frage auf, was ich da eigentlich mache und ob es das Richtige sei.

Als ich am Nachmittag endlich Bilbao erreichte und am Flughafen die ersten Pilger sah, war es ein eigenartiges Gefühl. „Ich bin einer von ihnen?!", dachte ich ungläubig. Bei der ersten Zigarette vor dem Flughafen kam ich auch gleich mit den ersten Pilgern ins Gespräch, wobei mir mit der Busverbindung zum Busbahnhof in der Stadt weitergeholfen wurde. Die meisten von ihnen wirkten so souverän, sie wussten anscheinend genau, was zu tun war und wo sie hin mussten, als ob sie in ihrem Leben nichts anderes getan hätten als zu reisen. Ich fühlte mich so gar nicht als einer von ihnen. Als ich am Busbahnhof angekommen war, suchte ich verzweifelt nach dem Schalter, wo die Tickets für die Busfahrt nach Bayonne verkauft werden. Nach langem Fragen und Suchen wurde ich schließlich doch noch fündig. Eines war mir an dieser Stelle bereits klar: mit Englisch wird es hier in Spanien doch nicht ganz so leicht werden, wie ich es mir vorgestellt habe.

Ich wollte natürlich gleich ein Ticket für die morgige Weiter-
fahrt nach Bayonne um 7:30 kaufen, worauf mir erklärt wurde,
dass der Bus morgen ausfällt und nur der um 13 Uhr fährt –
und ein Ticket könne ich sowieso erst kurz vorher kaufen. Das
bedeutete, ich würde erst gegen Abend in St. Jean ankommen
statt wie geplant zu Mittag, um gleich nach Ankunft dort starten
zu können. Das war's also mit Start Jakobsweg morgen. Am
ersten Tag ging also schon ein Tag verloren, das konnte ja heiter
werden. Ich bezog darauf in einer Pension in der Nähe des Bus-
bahnhofes mein reserviertes Zimmer und machte mich frisch.
Währenddessen habe ich beschlossen, den Schalter noch einmal aufzusuchen und noch einmal nach den morgigen Bussen
zu fragen. Vielleicht würde dann eine freundlichere Dame mit
besseren Englischkenntnissen am Schalter sitzen, oder ich habe
die Dame einfach falsch verstanden oder sie hat etwas anderes
gemeint, aber es falsch auf Englisch gesagt? Es saß noch immer
die Gleiche dort und sie gab mir dieselbe Auskunft wie vorhin,
also würde sie schon recht haben.

„Das war es also für den heutigen Tag", dachte ich und suchte
in der Nähe eine Bar auf, um mir im „Gastgarten", der am
breiten Gehsteig aufgebaut war, ein kühles Cerveza zu bestellen.

Nun saß ich also hier und genoss das warme Klima, spanisches
Bier und einen schönen Sonnenuntergang.

Urlaubsstimmung kam auf und ich konnte es gar nicht glauben, als Pilger wirklich hier zu sein. So lange wartete ich auf
diesen Moment. Die Vorfreude auf das, was mich alles erwarten würde, war jetzt wirklich groß und meine Zweifel und
Grübeleien waren klein. Ich war froh und stolz, hier zu sein.

Als ich später etwas essen gehen wollte und die ausgestellten
Speisekarten der umliegenden Restaurants nur in Spanisch gehalten waren, hatte ich für diesen Tag keine Lust mehr auf noch
ein sprachliches Abenteuer und beschloss, zum Chinesen zu
gehen. Er hatte sogar Buffet und ich habe zum ersten Mal erlebt, dass wirklich alles ungenießbar war. Ich dachte mir, dass

ich selber schuld sei, wenn ich das erste Mal in Spanien bin und gleich zum Chinesen gehe.

Nach so einem kulinarischen Schock brauchte ich doch eine kleine Portion Spanien und trank in einer kleinen Bar ein paar Gläser Rotwein – köstlich!

Ich habe dazwischen lange mit Ines telefoniert und mir wurde dabei wieder bewusst, wie sehr ich die beiden zu Hause schon vermisse. Die euphorische Stimmung war am Abend auch schon wieder weg und mit jedem Schluck Wein wurden die quälenden Gedanken präsenter, die immer intensiver die Frage stellten, was ich hier überhaupt mache. Ein innerer Dialog fand in mir statt, bis ich irgendwann einsah, dass der spanische Wein etwas stärker war als ich, und ich auf mein Zimmer ging.

Trotzdem war noch ein kleines Stück Disziplin übrig und ich begann das erste Mal in meinem Leben, ein Tagebuch zu schreiben, was ich mir für den Jakobsweg fest vorgenommen hatte.

29.03. von Bilbao nach Saint-Jean-Pied-de-Port

Es ging also weiter mit dem Bus nach Bayonne und von dort mit dem Zug weiter nach St. Jean. Da der 7:30-Bus ausfiel, konnte ich mich wenigstens ausschlafen, nachdem ich noch bis spät in die Nacht vor meinem Tagebuch hockte.

Ich checkte also erst am Vormittag aus und ging in ein kleines Café, um etwas zu frühstücken. Dort waren hinter einer großen Glasvitrine verschiedenste kleine Snacks wie in den meisten anderen Bars, unter anderem solche Kuchen, die aussahen, wie aus Kartoffeln gemacht. Erst Tage später habe ich mitbekommen, dass das die Tortillas waren, und der Rest hinter den Vitrinen zählte zu den in Spanien üblichen Tapas. Peinlich, aber obwohl Lebensmittel für mich nicht nur für bloße Hungerbefriedigung stehen, sondern hauptsächlich Genussmittel sind, und Essen eine Zeremonie ist, habe ich mich eben auch kulinarisch überhaupt nicht auf das mir völlig fremde Land Spanien vorbereitet.

Nach einem deftigen, aber guten Frühstück ging ich zum Busbahnhof, um zu sehen, ob der Bus um 13 Uhr wenigstens planmäßig fuhr. Zu meiner Verwunderung war der Busbahnhof aber leer. Weder Menschen noch Busse, dafür lag überall Müll in Form von Flugzetteln herum, so, als ob der Betrieb hier schon lange eingestellt wurde. Es waren zwar noch eineinhalb Stunden bis 13 Uhr, aber ich bezweifelte, dass hier heute überhaupt was passieren sollte, suchte nach Hinweisen und schlug die Zeit tot. Es ist schon richtig heiß geworden, mehr noch als gestern. Am Himmel stand keine Wolke. Der Wetterbericht sagte die nächsten vier bis fünf Tage auch keine Änderung voraus. Bei den Aussichten dachte ich schon, dass ich zu viele schwere Kleidung und zu wenig leichte Sommerkleidung mitgenommen hätte.

Es muss so ca. halb eins gewesen sein, als plötzlich vereinzelt ein paar Leute auftauchten und vor dem Schalter für die Fahrt nach Frankreich warteten. 20 Minuten vor eins hieß es dann doch noch „Sesam öffne dich" und dieselbe Dame wie gestern begann mit dem Ticketverkauf. Die Busse trudelten inzwischen auch ein und im Handumdrehen ging es wieder zu wie auf einem Basar. Als ich endlich an der Reihe war und mein Ticket bezahlen wollte, sah die Ticketverkäuferin schon, wie ich ihr den 100 Euro-Schein geben wollte, den sie ablehnte, als ob ein Fluch auf ihm läge. Wenn die Fahrt ein oder zwei Euro gekostet hätte, hätte ich diese Reaktion ja verstanden, aber nicht bei knapp 20 Euro. Sie deutete auf ein kleines Schild auf der Seite, auf dem, natürlich nur auf Spanisch, stand, dass der größte anzunehmende Schein 50 Euro wäre. Sie wollte natürlich auch nicht wechseln, nachdem ich einfach nach dem Frühstück nicht mehr anders bezahlen konnte. Also hieß es so was wie „der Nächste bitte", schätze ich mal. So versuchte ich bei ein paar anderen Schaltern und einem Kiosk, meinen Schein klein zu bekommen. Doch überall mit dem Ergebnis, dass ich angesehen wurde wie ein Geldfälscher. Schön langsam wurde ich nervös, ich war seit gestern hier, keine zehn Minuten mehr, bis der Bus fahren sollte, und ich habe es noch immer nicht geschafft, ein Ticket zu kaufen. „Was ist hier eigentlich los, bin ich im Irrenhaus gelandet?", dachte ich mir. Ein Angestellter in einem Schalter sah vermutlich meine Verzweiflung und wechselte mir doch noch den Geldschein, sodass ich als Letzter gütigerweise doch noch ein Ticket kaufen durfte, und der Schalter doch nicht, wie schon befürchtet, vor meiner Nase geschlossen hat – geschafft!

Ich genoss die ca. dreistündige Fahrt, obwohl der Bus die besten Zeiten vor ca. 20 Jahren gehabt zu haben schien. Ab San Sebastián ging es die Küstenstraße entlang. Dort stiegen die meisten Fahrgäste aus und außer mir fuhr nur ein einziger Fahrgast weiter. Es wunderte mich, dass gar keine anderen Pilger mit dem Bus fuhren, nachdem ich tags zuvor schon mehrere von ihnen gesehen hatte. Ich dachte, die wären bestimmt schon über alle Berge, bei dem zielsicheren Eindruck, den alle gemacht haben. Ich war mir nicht mal sicher, wann genau ich aussteigen musste, da es mehrere Haltestellen gab, aber keinen Linienplan, wie wir ihn kennen, oder sonstigen Hinweis, wo wir gerade waren, und Bayonne auch nicht die Endstation war. Doch diese Kleinigkeit konnte ich dem Busfahrer verständlich machen, der mir beim Aussteigen in Bayonne auch noch die Himmelsrichtung zum Bahnhof zeigte. Bayonne ist keine besonders große Stadt, also machte ich mich auf den Weg zum Bahnhof, zumindest in die Himmelsrichtung. Nach einer halben Stunde und vier- bis fünfmaligem Nachfragen habe ich jemanden mit Englisch-kenntnissen und in weiterer Folge den Bahnhof auch tatsächlich gefunden. Das Klischee mit Englisch in Frankreich scheint also zu stimmen. Ich kaufte mir ein Ticket für den nächsten Zug nach St. Jean und nutzte die eineinhalb Stunden bis zur Ab-fahrt, um mich vor dem Bahnhof im Gastgarten eines Lokals in die Sonne zu setzen und mich zu stärken. Hier waren auch schon einige Pilger unterwegs, die auf denselben Zug warteten.

Ich genoss und beobachtete das rege Treiben, fragte mich aber, warum die meisten Pilger, die in den Bahnhof gingen, kurz darauf wieder herauskamen und nach links gingen. Vielleicht war dort ein schöner Platz zum Sonnen oder ein nettes Café?

Egal, in wenigen Minuten kam der Zug, also zahlte ich die Zeche und schlenderte zum Bahnsteig E, der beim Kauf meiner Fahrkarte auf der Infotafel angegeben war. Doch der Bahnsteig war menschenleer, wie der Busbahnhof am Vormittag in Bilbao. In fünf Minuten sollte der Zug abfahren und kein Pilger war hier, da konnte was nicht stimmen. Ich sah auf die Anzeigetafel, auf der nun nicht mehr ein „E" wie vor eineinhalb Stunden für den Bahnsteig meines Zuges stand, sondern ein Symbol, das aussah wie ein Bus. Anscheinend wurde der Zug durch einen Schienenersatzverkehr ersetzt und ich stand nun am Bahnsteig, weil ich nicht mehr auf die Anzeigen gesehen habe. „Wie kann man nur so blöd sein", ärgerte ich mich und rannte, von einem Adrenalinschub getrieben, zurück zum Infoschalter, wo mir bestätigt wurde, dass der Bus links vor dem Bahnhof abfährt. Pünktlich zur Abfahrtszeit war ich also beim Bus, wo alle anderen Pilger und zwei oder drei Nichtpilger schon warteten. Ich schnappte nach Luft, als mein Rucksack verstaut war und ich im Bus saß. Hinter mir saßen zwei Pilgerinnen zwischen 40 und 50 Jahren alt, die offensichtlich aus Bayern kamen, wie ich beim Lauschen ihres Gesprächs schlussfolgern konnte. Sie unterhielten sich über die erste Etappe und tendierten eher zur leichteren Route Valcarlos, da sie auch das Buch von Kerkeling gelesen hatten und sie ein K.O. in der ersten Runde nicht riskieren wollten.

Dabei musste ich sofort wieder an die Herberge Orisson denken, die bei planmäßigem Start heute noch geschlossen ist, morgen aber ihre Pforten öffnen würde. Da ich durch die verspätete Ankunft nun erst am nächsten Morgen startete, hätte ich also doch die Möglichkeit, die schönere Route Napoléon zu gehen und die Etappe auf zwei Tage aufzuteilen, sofern noch ein Platz frei wäre und das Wetter wie vorhergesagt auf meiner Seite wäre. Ich entschied mich, dass das meine Grundbedingungen sein sollten, um diesen Weg zu gehen, da ich sehr viel Respekt vor ihm hatte und auch noch nicht wusste, wann mein Körper schlappmachen würde.

Erst kurz vor 20 Uhr kam der Bus am Bahnhof in Saint Jean an. Ich bin endlich am Startpunkt des Camino Francés angekommen und machte mir klar, dass es bis auf meine Füße für lange Zeit das letzte Verkehrsmittel war, das mich von A nach B brachte.

Saint Jean war ein romantisches Städtchen. Ich fühlte mich dort wie durch eine Zeitmaschine in ein anderes Jahrhundert zurückversetzt, aber in durchaus positivem Sinne. Es wirkte auf mich mit seinen alten, aber sehr gepflegten und authentischen Steinhäusern scheinbar irgendwo im Mittelalter stehen geblieben zu sein, es fehlten nur mehr die Kostüme.

Nun hieß es zuerst, mit der ganzen Meute sich auf zum Pilgerbüro zu machen, um den ersten Stempel für den Pilgerpass und ein paar Routeninfos zu holen, die dort zu Verfügung gestellt wurden. Ein angebotenes Bett in einer der Pilgerherbergen lehnte ich freundlich ab, ich wollte diese Nacht noch den Luxus eines Einzelzimmers genießen und machte mich auf die Suche. Eine Dreiviertelstunde später war ich froh, dass ich nach zwei geschlossenen Pensionen doch noch ein einigermaßen bezahlbares Zimmer in einem sehr gepflegten Mittelklassehotel bekam.

Es war ein langer Tag und nach meinem ersten Pilgermenü und dem oft inkludierten, obligatorischen Rotwein war ich froh, endlich ins Bett zu kommen und von meinen Gedanken eine Auszeit haben zu können. Pausenlos musste ich an den Weg denken. Ich habe es noch immer nicht ganz verinnerlicht, wirklich hier zu sein und das auch zu wollen. Ich bezweifelte stark, dass ich in Santiago ankommen werde, und wenn dem so wäre, dass mir der Weg helfen könnte. Wenigstens hat es an diesem Tag nicht ganz so wehgetan wie am gestrigen, nicht zu Hause bei meinen Lieben zu sein.

800 KILOMETER NATUR, FREIHEIT UND VERTRAUEN

Der große Tag 1 meiner Pilgerreise!
Von Saint-Jean-Pied-de-Port zum Refuge Orisson

Der große Tag war endlich gekommen! Ich habe den Wecker am Handy auf 7:30 gestellt, war aber schon gegen 6 Uhr munter. Es war noch dunkel, also blieb ich liegen und versuchte, wieder einzuschlafen, was mir aber schwerfiel. Zu groß war die Freude, dass es nun endlich losging. Plötzlich hörte ich Wasser prasseln. Ich sprang auf, um aus dem Fenster zu sehen, doch es war sternenklar und es schien trocken zu sein. Anscheinend duschte sich nur jemand im Zimmer oben oder nebenan.

Beruhigt legte ich mich wieder hin und schaffte es, noch mal einzudösen, bis es draußen hell wurde.

Ich konnte hören, wie die anderen Gäste nach und nach ihre Zimmer verließen und mit den Wanderstöcken Probleme in der engen Wendeltreppe hatten, was mich in meiner Entscheidung bestätigte, diese lästige „Gehhilfe für Frauen und alte Männer" am Flughafen zurückgelassen zu haben. Ich stand gemütlich auf und schaute auf mein Handy, um die Uhrzeit zu erfahren – es war bereits nach 8 Uhr, der Wecker ist anscheinend nicht angegangen! Ich wollte mich beeilen, um nicht zu spät wegzukommen.

Ich föhnte aber noch mein Gewand ab, das ich gestern Abend noch im Waschbecken gewaschen und die Nacht über im Bad aufgehängt hatte. An meinem „Ausrüstungsmanagement" habe ich auch noch gefeilt, indem ich den Rucksack komplett leer geräumt und die Sachen wieder einigermaßen nach Plan verstaut habe. Ich dachte mir, das kann ja noch heiter werden, da ich bis dahin weder meine Badeschuhe zum Duschen noch den Schlafsack zum Schlafen brauchte, die sich immer noch ganz unten im Rucksack befanden. Das Wetter an diesem Morgen hätte nicht schöner sein können, also beschloss ich, bei der Herberge Orisson anzurufen, deren Nummer in meinem Reiseführer angegeben war, um zu fragen, ob sie für diese Nacht noch ein Bett für mich frei hätten. Ich hatte Glück! Denn mit dem Anruf reservierte ich das letzte freie Bett für diese Nacht, die erste Nacht, die die Herberge in der Saison geöffnet hatte! Ich war sehr froh, dass ich meinen Plan tatsächlich umsetzen konnte, die schwierigere Route Napoléon über die Pyrenäen zu gehen und auf zwei Tage aufteilen zu können.

Also konnte ich mir beruhigt Zeit lassen, da ich für die heutige Etappe, mit gut 630 Höhenmetern auf knapp 9 Kilometer, maximal mit drei Stunden gerechnet habe.

So ging ich in aller Ruhe runter zum Frühstück, welches sehr bescheiden ausfiel, checkte aus und gegen halb zehn setzte ich meine ersten Schritte als Pilger auf den Jakobsweg.

Verträumtes Saint-Jean-Pied-de-Port am Vormittag,
nachdem die Pilger aufgebrochen sind

Die Stadt war wie ausgestorben. Ich glaube, ich war der letzte Pilger, der an dem Tag St. Jean verlassen hat. Aber ich genoss die Ruhe und die Ausstrahlung, die von dieser alten Stadt, die den Startpunkt meiner Reise darstellte, ausging, und war froh und stolz, hier sein zu dürfen.

Als ich bei einem Supermarkt vorbeikam, kaufte ich noch einen Apfel, Müsliriegel und zwei Liter Wasser als Proviant, um das dürftige Frühstück des Hotels zu komplettieren. Dann ging es endgültig los; durch das berühmte Stadttor verließ ich St. Jean, gleich darauf ging es steil bergauf.

Mit jedem Höhenmeter wurden die Landschaft schöner und mein Gefühl besser. Ich kam mit der Steigung und dem Gewicht des Rucksacks anscheinend ganz gut klar. Ich fühlte Zuversicht und Selbstsicherheit und war dadurch so gerührt, dass mir kurzzeitig fast die Tränen kamen. So ein guter Tag mit so einem traumhaften Wetter war genau das, was ich nach den letzten zwei Tagen voller Zweifel gebraucht habe. In diesem Moment stand es außer Frage, ob es die richtige Entscheidung war, hier zu sein.

Ich habe gehört, ein Pilger soll nicht zurückblicken, was ich aber trotzdem getan habe, und es tat mir gut. So sah ich, wie unglaublich weit ich in kurzer Zeit gekommen bin, sah meinen Weg aus einem anderen Blickwinkel und fand es dort, wo ich zu dem Zeitpunkt war, schöner als dort, wo ich noch vor zehn Minuten war.

Stadttor von St.-Jean-Pied-de-Port

Saftige Wiesen am Fuße der Pyrenäen

Nach ca. einer Stunde stetigem Bergauf traf ich auf einen Einheimischen und grüßte ihn mit einem freundlichen „Bonjour".
Er grüßte freundlich zurück und begann, mir mit Händen und
Füßen zu erklären, dass ich bei einer Weggabelung in 100 Metern
nicht die markierte, asphaltierte Straße nehmen sollte, sondern
den schmalen steinigen und steilen Pfad, der viel schöner in
der Natur verlaufe. Dann pfiff er weiter an seinem Lied, das er
meinetwegen unterbrochen hatte, stieg in seine Citroën-Ente und
fuhr davon. Ich wusste nicht so recht, was ich davon halten sollte.
Konnte ich ihm vertrauen? Möglicherweise war er ein Gegner
von dem ganzen „Pilgertourismus" hier und wollte mich in die
Irre führen. Zu Hause in unserer Industrieregion würde wohl
kaum jemand von sich aus einem fremden Ausländer weiterhelfen
oder einen Tipp geben. Aber nachdem der Jakobsweg schließlich
auch ein Weg des Vertrauens ist und der Tag so gut begonnen
hat, habe ich mich entschlossen, ihm zu glauben und die „aus-
getretenen Pfade" zu verlassen. Das Vertrauen hat sich ausgezahlt,

der Pfad führte durch Weiden und teilweise in Serpentinen durch ein kleines Stück Wald wieder zurück zur Hauptroute, wobei ich mir wahrscheinlich auch ein paar Hundert Meter erspart habe. Als sich die Wege wieder vereinigten, befand sich ein Aussichtspunkt, von dem man auf St. Jean hinunterblicken konnte.

St. Jean sah so weit entfernt aus, dass ich anfangs nicht glauben konnte, dass es das tatsächlich sein sollte, und auf der Karte im Wanderführer nach möglichen Nachbarstädten gesucht habe — vergeblich.

Unglaublich, wie weit ich zu Fuß in knapp zwei Stunden gekommen war. Knappe 20 Minuten später habe ich auch schon das Tagesziel, die Herberge Orisson, erreicht. Den ganzen Weg habe ich nicht einen Pilger gesehen, so wie nun auch in der Herberge. Anscheinend gingen alle Pilger, die in der Früh gestartet sind, die Etappe nach Roncesvalles an einem Tag, und es schliefen nur diejenigen hier, die erst zu Mittag oder am Nachmittag in St. Jean ankamen.

Blick auf Saint-Jean-Pied-de-Port

Es war erst kurz nach Mittag, ich erfrischte mich mit einem kühlen Bier und genoss auf der Terrasse die Sonne und die grandiose Aussicht auf die Pyrenäen. Ich kam mit zwei kanadischen Frauen ins Gespräch, die hier Rast machten und gleich wieder weitergingen, um noch am selben Tag nach Roncesvalles zu kommen, was bei der offensichtlich mäßigen Kondition einer der beiden Damen für meinen Geschmack eine riskante Entscheidung war. Ich überlegte kurz, ob ich es nicht auch riskieren sollte, da ich mich fit fühlte, verwarf den Gedanken aber wieder aufgrund des authentischen Steinhauses mit seinem großen, offenen Kamin und seiner gemütlichen Terrasse mit der tollen Aussicht.

Nach und nach trafen die Pilger ein, die für diese Nacht hier blieben. Bis zum Abendessen war die Herberge voll und Pilger, die keine Reservierung hatten, bekamen von dem Herbergsleiter, dem „Hospitalero", wie diese Leute genannt werden, Zelte zur Verfügung gestellt, um nicht im Freien schlafen zu müssen. In der Nacht herrschten nämlich immer noch Temperaturen um den Gefrierpunkt.

Beim Abendessen, das im Aufenthaltsraum mit dem großen Kamin auf drei langen Tafeln quer durch den Raum serviert wurde, fühlte man sich wie bei einem Ritteressen im Mittelalter. Der Rotwein, der zum Menü serviert wurde, floss in Strömen und die Stimmung stieg in dem prall gefüllten Raum. Die meisten Pilger neben und gegenüber von mir waren aus Deutschland und es ergaben sich interessante Erzählungen und Diskussionen bis kurz vor 22 Uhr, was in jeder Herberge Bettruhe bedeutet, wobei das Licht abgedreht wird. In meinem Zimmer mit sechs Betten waren vier Nationen vertreten, nämlich Deutschland, Frankreich, Irland und mit mir Österreich. Beim Schnarchen merkt man aber kaum einen Unterschied, kein Wunder bei dem einen oder anderen Achterl. Wie man sich vorstellen kann, war ich überaus froh, dass ich meinen MP3-Player zum Einschlafen mitgenommen habe.

Aussicht von der Terrasse der Herberge

Tag 2, vom Refuge Orisson nach Roncesvalles

Sechs Uhr Tagwache! Ein Pilgerleben ist ein Frühaufsteher-Leben.
Die Nacht war wider Erwarten ganz o.k., doch am Morgen war
mein Hals etwas gereizt und verschleimt, was mir Sorgen bereitete, doch noch kein Problem darstellte. Das Frühstück fiel
wieder sehr spärlich aus, was in der Region anscheinend so üblich ist. Ich freute mich sehr, dass es endlich weiterging, und
versuchte, so schnell wie möglich weiterzukommen. Das täg-
liche Rucksackpacken war zwar bei Weitem noch nicht meine
Königsdisziplin, aber zumindest war ich diesmal nicht unter
den Letzten – noch nicht. Denn ich ging ein sehr gemütliches
Tempo, um mir meine Kräfte einzuteilen. Außerdem hatte ich
jede Menge Zeit, weil das von mir gesteckte Tagesziel Roncesvalles nur ca. 18–19 Kilometer entfernt war. Ich genoss den zwar

sehr kalten, aber traumhaft schönen Morgen und den Sonnenaufgang in den Pyrenäen. Obwohl es schon ein etwas seltsames
Gefühl war, wie bei einem Wandertag zwischen oder hinter all
den Pilgern zu gehen, von denen immer ein paar zumindest in
Sichtweite waren, umschloss mich eine sehr friedliche Stimmung.
Einige Pferde liefen frei herum, es war windstill, keine Wolke
am Himmel und man konnte den dichten Nebel im Tal sehen.

An den schattigen Stellen musste ich sogar ein paar Meter
durch Schnee stapfen, aber ich fand einen guten Rhythmus,
sodass ich ohne nennenswerte Pausen den Grenzstein zu Spanien
passierte und einen Brunnen, wo ich einige pausierende Pilger
wieder einholte. Nein, die ca. 14 Kilometer Aufstieg waren nicht
mein Problem an diesem Tag. Es waren vielmehr die vier darauf
folgenden Kilometer, die teilweise sehr steil bergab durch einen
schönen Laubwald bis nach Roncesvalles führten. Die Belastung
für die Füße war enorm, sodass sie bald sehr wehtaten, und im
Schritt hat mich die Unterhose etwas wund gerieben. Aber ich

Wunderschöner Morgen in den Bergen

Eines der freilaufenden Pferde

hatte Glück, dass meine Knie das Gefälle ohne Wanderstöcke mitgemacht haben und der Erdboden nicht nass war. Obwohl – dann hätte ich gleich hinunterrutschen können …

Dementsprechend froh war ich, als ich zu Mittag Roncesvalles erreicht hatte und in der Massenherberge im Kloster eine Dusche nehmen und mich etwas ausruhen konnte. Am späten Nachmittag machte ich einen kleinen Spaziergang durch das Dorf, wenn man es überhaupt so nennen kann, denn Roncesvalles besteht aus einem Kloster, zwei Gasthäusern und einem Hotel.

Ich genoss die letzten Sonnenstrahlen, denn man spürte im Schatten schon wieder die Kälte, die die Nacht mit sich bringen würde. Ich war sehr in mich gekehrt, fühlte mich sehr alleine. Es machte den Anschein, dass kaum ein anderer Pilger alleine hier war. Ich wäre am liebsten schon wieder weitergegangen. Während des Gehens ging es mir gut, aber die lange Zeit dazwischen stimmte mich nachdenklich und traurig. Ich hatte starkes Heimweh und dachte, dass ich es nie bis Santiago schaffen könnte. Ich wollte zukünftig die Tage besser nutzen, um nicht schon zu Mittag am Tagesziel zu sein und zu viel Zeit zum Grübeln zu haben, wobei mir so die „Decke auf den Kopf" fallen könnte.

Der „Wolf", die aufgeriebene Stelle zwischen meinen Beinen, wurde inzwischen auch schlimmer und brannte mit jedem Schritt wie Feuer. Also schmierte ich die Hirschtalgcreme nicht mehr nur auf die Füße, sondern auch schön dick auf die Haut im Schritt. Ich machte mir Gedanken, wie es weitergehen könnte. Wenn es nicht besser werden würde, könnte ich unmöglich am nächsten Tag weitergehen. Ich versuchte, nicht in totale Verzweiflung auszubrechen, und ging früh am Abend zu dem Gasthaus, in dem ich mir zuvor ein Pilgermenü reserviert hatte. Im Gastgarten davor saßen auch einige bekannte Gesichter von der Herberge Orisson, unter anderem die beiden Dortmunder und die beiden Schwaben, mit denen ich mich schon gestern unterhalten hatte und zu denen ich mich gesellen durfte, wobei mich die Gespräche etwas aus meiner Grübelwelt geholt haben. Wir konnten beobachten, dass noch immer Pilger und sogar Reisebusse mit ganzen Pilgergruppen ankamen. Roncesvalles schien bald aus allen Nähten zu platzen. Die Herberge im Kloster mit ca. 200 Betten war schon lange voll, eine weitere, sehr einfach gehaltene Notherberge mit in etwa derselben Anzahl an Betten war auch schon voll. Ich dachte mir, das kann ja noch heiter werden. Das Rennen um die Herbergsbetten, von dem ich in mehreren Büchern gelesen habe, war also eröffnet, und ich war gleichermaßen verwundert und enttäuscht über den gewaltigen Andrang schon zu dieser Jahreszeit. Jemand an unserem Tisch konnte aber etwas beruhigen und erklärte uns, dass es größtenteils Spanier wären, die nur bis Karfreitag nach Logroño zu den Osterprozessionen pilgern würden, und es danach wieder ruhiger werden würde am Camino.

Etwas später konnten wir endlich zum Abendessen den Speisesaal betreten.

Die Essenausgabe wurde vom Gasthaus in zwei Schichten ab-gefertigt. An jedem Tisch saßen ca. zehn Pilger. An unserem Tisch war die Stimmung sehr ausgelassen. Neben mir saß ein weiterer netter Pilger aus Deutschland namens Holger. Ich war beeindruckt, dass er fließend Englisch und Spanisch sprach, und er erzählte mir von seiner Zeit als Lehrer in Chile, weswegen er natürlich so gut Spanisch sprach. Als die meisten Pilger mit dem Essen fertig waren und sich die Tische um unseren he-rum nach und nach leerten, holte einer der beiden Schwaben, die auch bei uns saßen, die Reste des Rotweins, die nicht ge-trunken wurden, von den anderen Tischen. An unserem Tisch saßen noch alle und wir unterhielten uns prächtig, bis uns die Wirtsleute aufforderten, Platz zu machen für die zweite Partie, die schon fast in den Saal drängte. Es wurde also wider Erwarten ein gemütlicher Abend und meine Stimmung war wieder etwas erhellt.

Tag 3, von Roncesvalles nach Larrasoaña

Ich habe nicht besonders gut geschlafen diese Nacht, habe viel wirres Zeug geträumt. Ich war es auch überhaupt nicht ge-wohnt, mit 200 Menschen auf „Du und Du" in einem Raum zu schlafen.

Es muss zwischen 5 und 5:30 Uhr gewesen sein, als ich die ersten „gemeinen Raschler", so wie wir die mit ihren Plastik-beuteln im Dunkeln raschelnden, mit Stirnlampen bewaffneten Frühaufsteher unter den Pilgern genannt haben, gehört habe.

An Schlaf war von da an nicht mehr zu denken. Mit jeder Minute wurde es lauter. Manche Pilger gingen sich auch noch duschen. Ich bezweifle zwar die Sinnhaftigkeit einer Dusche vor einem 25-Kilometer-Marsch, aber jedem das Seine. Als schließlich um Punkt sechs Uhr das Licht anging, war das wie ein Startschuss für die Pilgerschaft, denn von nun an ging es zu wie auf einem Ameisenhaufen. Ich beobachtete das Treiben von meinem Bett aus, ging zur morgendlichen Katzenwäsche über und wartete mit dem Ordnen und Einpacken meiner Siebensachen, bis sich das Feld etwas gelichtet hatte, um etwas mehr Platz zu haben. Danach versorgte ich noch meine Füße mit der Hirschtalgcreme und meinen „Wolf" zwischen den Beinen mit der Vaseline, die mir meine Bettnachbarin, eine nette ältere Pilgerin aus Irland, am Vorabend gab, als sie mein Problem mitbekam. Am Abend gab sie mir etwas Aloe-Vera-Creme für die Wundheilung und die Vaseline sollte ihrer Meinung nach das beste Schmiermittel während des Wanderns sein. Ihr Wort in Gottes Ohr!

So kam ich erst spät und am hinteren Ende des Feldes los. Es erschien mir wie eine Völkerwanderung. Sehr komisch und interessant, welche Leute ich hier so sah, aber auch sehr schade, da dieser Massenauflauf doch einiges der Würde dieses wunderschönen Weges nahm.

Es war noch dunkel, als ich Roncesvalles auf einem Schotterweg durch einen Wald verließ. Vor und hinter mir waren sehr viele Pilger unterwegs, einige davon noch mit ihren Stirnlampen am Kopf. Plötzlich holte ich einen Chinesen ein, der bloßfüßig mit seinem kleinen Rucksäckchen über den groben Schotter stapfte, und das bei ca. 0° Außentemperatur an diesem Morgen. Seinen Gegensatz dazu holte ich kurze Zeit später ein. Es war ein koreanischer Pilger, der durch seine kleine, gehisste Flagge am Rucksack zuzuordnen war. Er schleppte am Rücken einen riesigen Rucksack, ca. zweimal so groß wie meiner, und auf seiner Brust noch einen weiteren kleinen Rucksack. Ich schätzte sein Gepäck auf 20 bis 25 Kilo!

Als ich aus dem kurzen Waldstück kam, wurde es langsam hell. Es war wieder ein herrlicher Sonnenaufgang und ich versuchte, mich von den vielen Mitpilgern so fern wie möglich zu halten, um die Natur mit ihrem schönen Morgenschauspiel sehen und fühlen zu können. Ich genoss die ersten Sonnenstrahlen, die meinen starren Körper etwas er-

wärmen konnten. Dennoch behielt ich meinen bewusst breit-
beinigen Gang bei, um meine eingefettete Wunde zwischen
den Beinen zu schonen, auch auf die Gefahr hin, dass sich
einige Pilger sicher gedacht haben, dass bei mir etwas in die
Hose gegangen sein musste.

Durch das verträumte Dorf Auritz ging es weg vom Schotterweg auf asphaltierte Straßen, wo mich der bloßfüßige Chinese
wieder einholte, der nun zu laufen begonnen hatte. Echt unter-
haltsam, was man hier alles sieht.

Nachdem es bei der Herberge kein Frühstück gegeben hat,
kaufte ich mir hier in einem kleinen Tante Emma Laden etwas,
das ich nach dem Dorf in einer Wiese am Wegesrand in der
Sonne frühstückte, was daraufhin auch andere Pilger taten.

Kurz vor dem Sonnenaufgang nahe Roncesvalles

Friedliche Morgenstimmung

Das nenne ich mal eine Brücke!

Es war wieder ein herrlicher Tag und ich war froh, „on the road again" zu sein, und mit meinem Schritt, den ich regelmäßig nachfettete, hatte ich auch weniger Probleme als angenommen. Diese Etappe verlief größtenteils auf Schotterwegen, die sich durch schöne, hügelige Felder und Wälder schlängelten. Unterwegs traf ich öfters auf Holger, wir führten kurzen Small Talk und gingen unsere eigenen Wege weiter.

Als sich der Schotterweg mit einer Straße kreuzte, war ein kleiner Schotterparkplatz, auf dem ein Einheimischer Kaltgetränke und Eis verkaufte. Er hatte auch einen Tisch und Stühle unter einem Sonnenschirm für seine Gäste aufgestellt. Es war tagsüber wieder sehr warm geworden und so beschloss ich, diese Gelegenheit für eine kleine Bierpause zu nutzen. Als ich Platz genommen hatte, schloss Holger mit einem anderen Pilger auf, sie legten ebenfalls eine kleine Bierpause ein und setzten sich zu mir. Der andere Pilger war Christopher, ein Sonderschul-

Natur pur!

lehrer aus Schweden. Wir plauderten ein bisschen und nach der Pause ging wieder jeder seinen Weg.

Kurz darauf kam ich in Zubiri an und hatte somit eine Distanz von 22 Kilometern zurückgelegt, womit ich für diesen Tag hoch zufrieden gewesen wäre. Aber es war erst ca. 14:30 Uhr. Ich legte eine kleine Siesta ein und studierte in meinem Wanderführer, wie weit die nächsten Orte entfernt wären. Da ich mich körperlich fit fühlte und nicht wieder den halben Tag in irgendeinem Nest totschlagen wollte, brach ich gegen 15:15 auf zum ca. fünf bis sechs Kilometer entfernten Dorf Larrasoaña. Ich vertraute meinem Wanderführer, in dem stand, dass das Netz an Herbergen und Pensionen mittlerweile so gut ausgebaut sei, dass so gut wie zu jeder Reisezeit genügend Betten für alle vorhanden wären. Also machte ich mir auch keine Sorgen, zu spät anzukommen und ohne Dach über dem Kopf die Nacht verbringen zu müssen, und machte mich auf den Weg. Die Sonne am Nachmittag machte es allerdings doch noch anstrengender als

Gib nicht auf!

erwartet, zumal ich in Zubiri um diese Uhrzeit nichts Warmes zu essen bekam und mit den Resten meines Frühstücks vorlieb nehmen musste. Um 17 Uhr bin ich in Larrasoaña angekommen, doch leider war in der städtischen Herberge alles voll. Der Hospitalero erklärte mir, dass auch beide Hostals im Ort belegt wären und nur noch Zimmer in einem Viersternehotel 500 Meter weiter auf einem Hügel für über 60 Euro zu bekommen wären. Das war eindeutig über meiner Budgetgrenze, obwohl ich bei Weitem kein „Low-Budget-Reisender" war. Der Herbergsleiter hatte aber vor, einen Taxidienst ins ca. 15 Kilometer entfernte Pamplona einzurichten, wo es noch genügend freie Herbergsbetten geben sollte. Ich wollte mich aber vorher im Ort umsehen und mich selbst davon überzeugen, dass auch die Pensionen voll waren. Vor einer Pension traf ich Holger und Christopher wieder, die vor über einer Stunde die letzten zwei freien Betten ergattert hatten und mir auch bestätigten, dass das Dorf voll sei. Also ging ich zurück Richtung Herberge und sah auf halbem Weg am Ende einer Siedlungsstraße ein kleines Schild auf einem alten Haus, auf dem stand: Casa Elita. Das musste ich mir ansehen. Ich öffnete die Türe und stand in einem kleinen Tante Emma Laden, den eine ältere Frau im Erdgeschoss ihres Hauses betrieb. Ich fragte sie also, ob sie auch freie Betten hätte, was sie mit ihrer rauen Stimme bejahte, sofern ich alleine wäre, weil nur mehr eines frei sei. Ich musste aber warten, bis sie alle Kunden bedient hatte. So wartete ich also vor dem Haus, doch es kamen immer wieder Pilger zum Einkaufen, da das einzige Gasthaus im Ort an diesem Tag Ruhetag haben sollte. Also würde ich wahrscheinlich auch zu keiner warmen Mahlzeit mehr kommen. Nach über einer Stunde Wartezeit kam sie genervt zu mir und einem jungen spanischen Pilger aus Madrid, der ebenfalls wartete, und führte uns in den ersten Stock ihres Hauses, an ihrem Wohnzimmer vorbei in unser „Doppelzimmer". Als ich nach einer Dusche wieder hinunter in den Laden gehen wollte, um mich mit etwas Kaltverpflegung für den Abend einzudecken, fragte sie mich, ob ich auch ihr Pilgermenü konsumieren wolle, was ich sehr erleichtert und dankend annahm. Es war richtig gute, deftige Küche, mit einer Hühnersuppe, gefolgt von mürbem Rindfleisch, mit einem Salat aus Kartoffeln, Zwiebeln, Kraut und Oliven. Natürlich durfte auch ein großes Glas spanischen Tischweines nicht fehlen. Absolut köstlich! Ich war einer von sechs Pilgern im gesamten Ort, die als Einzige ein warmes, nahrhaftes Essen bekamen, und wurde mir bewusst, welches Glück ich hatte, dieses Schild zu sehen. Am Abend konnten wir in ihrem Wohnzimmer auch noch fernsehen und ihr Hund leistete uns dabei Gesellschaft, ließ sich aber nicht durch uns stören. Der Hund hatte sichtlich die besten Jahre hinter sich, vielleicht hatte er auch einfach massive Lungenprobleme, nachdem die Hausherrin, ihrer Stimme nach unüberhörbar selbst starke Raucherin, auch uns in ihrem Wohnzimmer rauchen ließ. Es war ein eigenartiges Gefühl, den Abend in einem privaten Haushalt bei der Hexe, wie sie von manchen Pilgern genannt wurde, zu verbringen.

Es war ein sehr positiver Tag für mich. Mein Mut hat sich gelohnt und ich verbrachte die meiste Zeit im Jetzt. Ich meine, ich machte mir nicht so viele Gedanken über das, was alles passieren könnte, und dachte kaum an die negativen Dinge aus meiner jüngsten Vergangenheit.

Tag 4, von Larrasoaña nach Pamplona

Die Nacht war angenehm und erholsam. Wir standen nicht allzu früh auf und ich beschloss, noch bei unserer Gastgeberin zu frühstücken, sodass ich nach etwas Small Talk mit „unserer Hexe" alleine um ca. 8 Uhr losging. Es war sehr neblig und somit mein erster Morgen am Jakobsweg ohne strahlend blauen Himmel. Ich steckte mir für diesen Tag kein Tagesziel vorab, wollte eigentlich nur weiter kommen, als die ca. 15 Kilometer nach Pamplona.

Gleich zu Beginn ging es steil auf den Hügel, vorbei an dem Viersternehotel, das nach Aussage des Hospitaleros gestern noch Zimmer frei gehabt hätte, und hinein in einen sehr schönen Wald. Neben dem Waldpfad verlief ein kleiner Bach. Gut, dass ich erst so spät aufgebrochen bin, denn ich war so gut wie alleine in dem Wald unterwegs und konnte so diese einzigartige Natur in vollen Zügen genießen. Der feuchte und in Nebel gehüllte Wald verbreitete eine fast mystische Stimmung, die Ruhe des Waldes wurde nur durch das Rauschen des Baches übertönt und die Luft wirkte wie durch das Laub und den Nebel gefiltert. Es war der reinste Hochgenuss.

Kurze Zeit später wurde es schon zunehmend heller, und als ich den Wald verließ, drangen auch schon die ersten Sonnenstrahlen durch die Nebeldecke.

Ein paar Meter weiter standen auf einmal Holger und Christopher vor mir, die schon ihre Funktionsjacken auszogen. Sie waren auch erst spät losgegangen, ich habe mich sehr gefreut, die beiden

Mystische Stimmung im nebligen Wald

wiederzusehen. Wir gingen gemeinsam weiter, kamen ganz gut ins Gespräch und lernten uns und die Gründe, warum wir hier waren, kennen. Als Christopher beschloss, doch etwas Tempo zu machen und Holger und mich alleine zurückließ, unterhielten wir uns weiter sehr intensiv und offen. Ich habe auch viele interessante Geschichten über seine sechsjährige Zeit als Lehrer in Chile und seine zahlreichen Individualtrips erfahren dürfen.

Bei der mittelalterlichen Steinbrücke von Trinidad de Arre wartete Christopher auf uns und nach kurzer Rauchpause ging es zu dritt weiter. Von dort an wurde die Tagesetappe übergangslos urban. Über die Hauptstraße nach Burlada, dem Vorort von Pamplona, ging es weiter bis in die Altstadt von Pamplona auf Asphalt. Es war ca. halb 12 Uhr und wir warteten vor der Casa Paderborn, der Herberge des Freundeskreises Jakobuspilger Paderborn, bis diese schließlich um 12 Uhr öffnete. Für Holger und Christopher war es klar, dass sie hier blieben und den halben Tag in Pamplona genießen wollten. Nach kurzem Überlegen, ob ich nicht weitergehen sollte, habe ich aber doch beschlossen, bei ihnen zu bleiben, um die Zeit mit ihnen verbringen zu können, etwas von Pamplona zu sehen und mich zu schonen. Die Füße hatten zwar keine Blasen, waren jedoch etwas gereizt und taten weh, außerdem kratzte mein Hals vor allem morgens immer noch und ich wollte die wund geriebene Stelle, meinen „Wolf", der schon zu heilen begann, nicht überbelasten.

Außerdem hätte ich keine Lust auf einen neuerlichen Bettenkampf im ca. 5 Kilometer entfernten Cizur Menor, einem 1.600-Seelen-Dorf, gehabt.

Ich hatte wieder mal Glück mit der Entscheidung, denn die Casa Paderborn sollte eine der besten Herbergen auf dem Jakobsweg bleiben, die ich von innen gesehen habe. Wir genossen die warmen Sonnenstrahlen im gepflegten Garten der 26-Betten-Herberge, unterhielten uns und schrieben an unseren Tagebüchern weiter. Holger und ich teilten uns eine Waschmaschine, was eine Wohltat für meine Wäsche war, die es wirklich schon nötig hatte, da ich beim Handwaschprogramm manchmal etwas schlampig war.

Holger und Christopher vor der „Casa Paderborn"

Mit Muscheln liebevoll verzierte Fassaden

Die Puente Magdalena, über die der Jakobsweg
nahe der Casa Paderborn führt

Anschließend besichtigten wir die schöne Altstadt und einige ihrer Sehenswürdigkeiten und ich nutzte die Gelegenheit, um mir ein Aloe-Vera-Gel für meinen Wolf und eine neue Sportunterhose zu kaufen, um meine von Vaseline durchgefettete „Wolfsunterhose" entsorgen zu können. Die Wunde verheilte zwar schon langsam, aber sicher ist sicher.

Da aufgrund der Siesta die guten Tapas-Bars erst wieder in den frühen Abendstunden öffneten, gingen wir vor dem Abendessen noch einmal zur Herberge zurück, wo wir mit einem jungen deutschen Pilger ins Gespräch kamen, und er fragte mich, ob er sich uns zum Abendessen anschließen dürfte. Er war zwar nicht unbedingt mein größter Sympathieträger, aber es war natürlich kein Problem. Er hieß Sebastian, war also für uns der Basti und so wie ich 29 Jahre jung. Er hatte seinen Job in der Immobilienbranche hingeschmissen und wollte etwas völlig anderes machen. Im Gespräch stellte sich heraus, dass Holger mit 29 Jahren nach Chile gegangen war und Christopher von der Baubranche auf die Sozialpädagogik umgesattelt hatte. Und ich würde mir mit nun 29 Jahren nichts sehnlicher wünschen als eine berufliche Veränderung. Zufälle gibt's, wo man sich einfach fragt, ob diese Zufälle überhaupt noch Zufälle sein können?

Zum Abendessen entschieden wir uns für eine kleine, urige Tapas-Bar in der Altstadt, vor der wir es uns an einem runden Stehtisch auf Barhockern gemütlich machten. Zum Glück war Holger dabei, der mit seinen hervorragenden Spanischkenntnissen erfragen konnte, was sich in den teilweise sehr kreativ angerichteten Häppchen verbarg. Wir bestellten gleich mehrere verschiedene Tapas, die wir auf dem engen Stehtisch herumreichten, damit jeder alles probieren konnte. Es war eine interessante Art, die spanische Küche kennenzulernen, und ein lustiger Abend im Freien bei angenehmen Temperaturen.

Tag 5, von Pamplona nach Puente la Reina

Wir konnten den Vorteil unseres kleinen Vierbettzimmers, das mit zwei Stockbetten ausgestattet war, nutzen, da kein gemeiner Raschler unter uns war, und sind etwas später als die übrigen Pilger aufgestanden. Wir hatten aber immer noch genug Zeit, um das von der Herberge angebotene Frühstück zu konsumieren, ohne dass es zu spät wurde, da die meisten Herbergen nämlich bis spätestens acht Uhr geräumt sein sollten.

Es war noch ungewöhnlich finster, der Himmel war bedeckt und es regnete leicht. Durch meine schlimmen Albträume diese Nacht verdunkelte sich auch meine Stimmung etwas. Wenigstens hörte es zu regnen auf, als Holger, Christopher, Basti und ich gemeinsam losgingen. Bevor wir aus Pamplona rauskamen, haben wir uns noch kurz in der Neustadt verirrt, doch die netten Einwohner zeigten uns die Richtung, in die wir gehen mussten, und wir fanden schnell wieder auf den richtigen Weg zurück. Als Pilger genießt man tatsächlich bei manchen Spaniern noch einen gewissen Sonderstatus und wird nicht als Touristentrottel angesehen. Nach einer kleinen Spanischlektion von Holger, jedoch sonst eher flachem Gesprächsstoff, versuchte jeder von uns, seinen eigenen Rhythmus zu finden, und wir teilten uns auf. Kurz nach Pamplona begann es wieder zu nieseln. Als ich so alleine wanderte, war ich in Gedanken und meine Zweifel ließen nicht lange auf sich warten. Die Frage danach, warum alles so gekommen ist, quälte mich und es kamen kurz sogar die alten Zweifel an Ines' Ehrlichkeit hoch.

Ich pausierte im ca. 12 Kilometer von Pamplona entfernten Zariquiegui (160 Einwohner) und war erfreut, beim Dorfgreißler frisches Obst zu ergattern, was am gesamten Camino vor Pamplona so gut wie ausgeschlossen war und mir schon sehr fehlte. Während ich mich vor dem Lädchen wie viele andere Pilger labte, begann es schließlich doch noch so stark zu regnen, dass ich meine Regenhose und den geborgten Regenponcho überzog.

Kurz nach Pamplona wieder saftiges Grün, so weit das Auge reicht. Im Hintergrund rechts das Dorf Zariquiegui

Nach der Pause ging es über einen lehmerdigen Pfad weiter bergauf auf den Alto del Perdón. Der Boden war sehr matschig und rutschig und die Erde blieb zentimeterhoch an den Schuhsohlen kleben, bis sie sich wieder abklopfen ließ. Der Anstieg war dementsprechend anstrengend und gehüllt in meine anscheinend fast luftdichten Regenklamotten, begann ich rasch zu schwitzen, was zu Beginn ein äußerst unangenehmes Gefühl war, bis ich mich damit abgefunden habe. Leider war der alte, geborgte Regenponcho von Margit nicht ganz so wasserdicht wie luftdicht, denn war ich noch nicht ganz vom Schweiß durchnässt, erledigte den Rest der Regen, der stellenweise fast ungehindert durch den Poncho zu kriechen schien.

Der Rundblick vom Alto del Perdón war trotz Regen, Matsch und Schweiß herrlich. Meine negativen Gedanken begannen sich langsam zu legen.

Danach ging es steinig und steil wieder abwärts, bis endlich ein etwas angenehmerer Wanderweg folgte. Ich traf wieder auf Holger, der alleine unter einem Baum stand und eine rauchte. Nach kurzer Rauchpause gingen wir gemeinsam weiter. Meine Stimmung hat sich weiter gebessert und wenige Minuten später schlossen wir auch auf Christopher und Basti auf, die in einem Unterstand am Wegesrand auf uns warteten. Der Regen ließ langsam nach und wir wanderten ein kurzes Stück zu viert weiter, bis Holger und Christopher nach links abbogen, um die Iglesia de Santa Maria de Eunante zu besichtigen, eine achteckige Kirche, der unter anderem nachgesagt wird, ein Kraftort zu sein. Mir taten die Füße schon ziemlich weh, und da ich mit der katholischen Kirche nicht gerade das beste Verhältnis habe, verzichtete ich auf den Umweg von über drei Kilometern. Basti wollte auch auf jeden überflüssigen Meter verzichten, so gingen wir beide alleine weiter bis nach Puente la Reina, einem netten, mittelalterlichen Städtchen. Wir gingen über die berühmte Steinbrücke zur Herberge auf einem Hügel am Ende der Stadt.

Die gleichnamige Brücke über den Fluss Arga in Puente la Reina

Es war eine kalte, unbeheizte Herberge, doch endlich konnte ich aus den nassen, verschwitzten Sachen raus und eine warme Dusche nehmen. Als ich die Regenhose auszog, habe ich erst gesehen und gefühlt, dass ich nicht nur etwas geschwitzt habe, sondern dass ich unter dem Regenschutz nasser war als er außen. Ich hielt es für sehr unwahrscheinlich, dass diese „Plane" beidseitig bis zum nächsten Morgen in der feuchtkalten Herberge trocknen könnte. Jedenfalls habe ich beschlossen, dieses unappetitliche Stück nicht mehr zu verwenden und unterhalb der Gürtellinie lieber durch den Regen nass zu werden anstatt vom Schweiß. Basti und ich haben wegen des weiterhin regnerischen Wetters beschlossen, die Herberge trotz der schönen Stadt nicht mehr zu verlassen und das Pilgermenü der Herberge am Abend zu essen. Wir aßen zusammen mit mehreren größtenteils deutschen Pilgern, unter anderem Elke, einer Ärztin, die ihre Praxis für mehrere Monate geschlossen hat, und Wolfgang, einem pensionierten Oberarzt eines Krankenhauses. Allen war es kalt, es war noch kälter als die Abende zuvor. Ich hatte bereits alle meine noch trockenen Kleidungsschichten an und saß immer noch verkrampft vor Kälte auf meinem Stuhl. Ich war froh, dass ich mir für den Jakobsweg einen neuen Schlafsack gekauft hatte, um in der Nacht nicht frieren zu müssen.

Wir haben versucht, unsere Körper mit Rotwein zu wärmen, und so wurde es wieder mal ein feuchtfröhlicher Abend mit teilweise wirklich sehr tiefsinnigen und hochinteressanten Themen. Leider sind Holger und Christopher nicht mehr aufgetaucht, obwohl sie auch vorhatten, bis zu dieser Herberge zu gehen.

Tag 6, von Puente la Reina nach Estella

Am Morgen konnte man sehen, wie das Kondenswasser von den kleinen Fenstern der großen Schlafräume tropfte. Das Gewand war natürlich immer noch etwas feucht, also habe ich, so gut es ging, die feuchten Klamotten außen am Rucksack befestigt, damit sie während des Wanderns trocknen konnten. Basti war etwas früher fertig und ging vor. Ich startete eine knappe halbe Stunde später. Das Wetter war sehr wechselhaft, weswegen ich meine Softshelljacke bestimmt drei- oder viermal aus und wieder angezogen habe, um nicht das frische Gewand auch gleich anzuschwitzen. Ich war unmotiviert und oft in meinen Gedanken verloren. Nach über einer Stunde Fußmarsch traf ich auf Holger und Christopher. Die beiden haben in einer Herberge direkt in Puente la Reina geschlafen. Ich habe mich sehr gefreut, sie wiederzusehen, da es ja nicht klar war, ob ich sie jemals wieder treffen würde. Nach unserer gemeinsamen Pause hat Holger beschlossen, alleine weiterzugehen, um den Weg für sich alleine zu genießen und um in sich kehren zu können. Ich wunderte mich, dass ein kommunikativer Mensch wie Holger die Ruhe suchte, doch ich gab ihm vollkommen recht, denn ich glaube, um am Camino einen Schritt näher zu sich zu kommen und

Klarheit über sich und die Dinge zu bekommen, braucht man Ruhe, also Zeit für sich alleine. Das war auch einer der Gründe, warum ich hier war. Wenn man immer jemanden um sich hat und pausenlos geschwätzt wird, kann man sich natürlich nicht mehr mit sich selbst beschäftigen. So ging jeder für sich weiter.

Alleine zu gehen, hat mir an dem Tag auch bald etwas gebracht, nämlich Traurigkeit. Ich musste immerzu an Leonard und Ines denken und mir wurde wieder richtig bewusst, wie sehr ich die beiden schon vermisste.

Ich war schon mehrere Stunden alleine unterwegs, als ich den Ort Villatuerta erreichte und meine Füße eine dringende Pause nötig hatten. Das Wandern ging an dem Tag ziemlich an die Substanz. Möglicherweise steckte mir das letzte Glas Wein vom Vorabend noch in den Knochen. Auf einer Parkbank in einer Siedlungsstraße saß Elke, die Ärztin aus Deutschland.

Aussicht auf Cirauquí, ein mittelalterliches Dorf
wenige Kilometer nach Puente la Reina

Sie erzählte mir von ihren drei erwachsenen Kindern und warum sie sich die Auszeit genommen hat. Außerdem hat sie sich sehr dafür interessiert, warum ich mir mein Wasser immer kaufte und nicht das aus den Brunnen oder aus der Leitung getrunken habe, worauf ich ihr erklärt habe, dass ich als Österreicher sehr von der guten Trinkwasserqualität verwöhnt sei und das gechlorte Wasser hier ungenießbar fände. Es war für mich immer wieder außergewöhnlich, wie offen, freundlich und hilfsbereit die Menschen am Camino sind. Es war wie in einer anderen Welt. Ich bemerkte, dass auch ich, ein sonst eher verschlossener Typ, viel offener auf Menschen zugehen konnte.

Nach einer Viertelstunde angenehmen Gesprächs wollte Elke weiter und hat mich aufgefordert, mit ihr zu gehen. Ich wollte aber noch einen Moment länger pausieren und eine Zigarette rauchen, und sie ging alleine weiter. Keine fünf Minuten später hat Christopher auf mich aufgeschlossen und sich für eine kurze Pause zu mir gesetzt. Zu unserem Tagesziel Estella waren es nur mehr knapp viereinhalb Kilometer, also haben wir beschlossen, den Rest des Weges gemeinsam zu gehen.

Christopher hat so wie Elke auch drei Kinder, die schon ihre eigenen Wege gehen.

Ich interessierte mich brennend für die Geschichte seiner beruflichen Veränderung, als er in meinem Alter war, und er erzählte mir, wie und warum er vom Bau zur Sonderschule kam.

Auf halbem Weg nach Estella kamen wir über eine Schotterstraße auf ein kleines Plateau, auf dem etwas abseits des Weges, hinter Olivenbäumen, eine kleine Kapelle stand. Christopher wollte sie sich ansehen, also habe ich mich ihm angeschlossen. Wir legten unsere Rucksäcke ab und ich nahm meine Kappe ab, als wir die Kapelle betraten. So eine Kapelle habe ich noch nie zuvor gesehen. Es gab keine Fenster und es waren keine Sitzbänke aufgestellt. Es gab auch keine der sonst so üblichen Schnörkel mit goldenen Verzierungen. Es gab nur einen schmucklosen kleinen Altar und ein großes Kreuz auf der Wand dahinter und an einer der seitlichen Wände eine „Sitzbank" aus Stein.

Das einzige Licht, das die Kapelle erhellte, kam durch die offene Tür und ging von wenigen Kerzen aus.

Auf dem Altar und um ihn herum lagen viele kleine Zettel, einige davon mit einem Stein beschwert.

Auf den Zetteln standen Gedanken, Hoffnungen oder Wünsche von Pilgern in verschiedensten Sprachen. Es war sehr bewegend und ich konnte herauslesen, wie unterschiedlich die Gründe der Pilger waren, den Camino zu bestreiten. Wir setzten uns auf die steinerne Sitzbank und hielten eine Schweigeminute ab. Ich schloss die Augen und hatte plötzlich den Eindruck, dass ich fühlen konnte, was diese vielen Menschen in die Kapelle trugen und einen kleinen Teil davon zurückgelassen haben. Es schien eine unglaubliche Energie in diesem Ort zu stecken. Ich konnte den Schmerz, die Angst, die Enttäuschung, aber auch die Wünsche, Hoffnungen und den unbändigen Mut der Menschen spüren, die hier gewesen sind. Ich musste auch an meine beiden Lieben zu Hause denken. Ich konnte die Tränen nicht mehr zurückhalten und verließ die Kapelle, um mich draußen auszuweinen. Doch es war nicht nur die Trauer, die mir die Tränen in die Augen trieb, sondern vielmehr die Hoffnung und der Mut, der mich so berührte. Es war ein erleichterndes Gefühl zu weinen, so als ob die Traurigkeit und die zweifelnden Gedanken durch die Tränen meinen Körper verlassen konnten und ich dafür Hoffnung und Mut aufsaugen könnte. Nach wenigen Augenblicken beruhigte ich mich wieder und wischte mir die Tränen aus dem Gesicht, als Christopher aus der Kapelle kam. Ich fühlte mich wie ein neuer Mensch.

Wir schulterten unsere Rucksäcke und gingen zwischen Olivenbäumen zurück auf den Schotterweg. Als wir wieder unterwegs waren, habe ich Christopher erzählt, was ich gefühlt habe, und habe mich bei ihm bedankt, dass er sich die Kapelle anschauen wollte. Er konnte gut nachvollziehen, was ich erlebt habe. Ich glaube, er hat auch etwas gespürt, hat es mir aber nicht erzählt.

Nach einer weiteren knappen Stunde erreichten wir schließlich Estella und wir entschlossen uns, in der kleinsten, privaten Herberge die Nacht zu verbringen. Als wir die letzten beiden freien Betten dort bekamen und unsere Schlafsäcke darauf ausbreiteten, kam Holger aus der Dusche, der uns gefragt hat, wo wir so lange geblieben sind. Wir konnten es kaum glauben, dass er auch hier war, denn natürlich haben wir uns nicht abgesprochen, wie weit wir gehen und wo wir schlafen wollten. Auch Elke und die beiden lustigen Schwaben aus Augsburg und weitere mittlerweile bekannte Gesichter waren hier.

Christopher wollte sich ein wenig ausruhen und ich schlenderte mit Holger durch die wieder einmal sehr beeindruckende Altstadt. Die kleinen Städte und Dörfer im Nordosten Spaniens scheinen im Mittelalter zu verweilen. Nach der Siesta öffneten die Geschäfte wieder am späten Nachmittag und ich nutzte die Gelegenheit und kaufte mir einen – hoffentlich wasserdichten – Regenponcho, einen Pullover und ein langärmliges Shirt für die meist sehr kalten Abendstunden. Ich war anscheinend die Ausnahme und einer der wenigen Pilger, die zu wenig Gepäck auf dem Camino mitgenommen haben.

Am Abend beschloss Holger, wie die meisten anderen Pilger „unserer" kleinen Herberge, das Pilgermenü dort zu essen. Ich wollte etwas Abstand und Zeit für mich alleine und habe beschlossen, essen zu gehen. Ich landete in einem Nobelrestaurant am Hauptplatz und bestellte auf gut Glück einen Fisch von der rein spanischen Speisekarte. Der Preis war mir an dem Abend egal, ich wollte endlich mal wieder richtig frische, gute Küche genießen, nachdem sich während der letzten Tage herauskristallisiert hatte, dass die spanische Küche nicht gerade zu meinen Favoriten zählt.

Es stellte sich heraus, dass ich Seeteufel bestellt habe, er schmeckte vorzüglich und war eine willkommene Abwechslung zum sonstigen Einheitsfraß mit Pommes.

Auch, dass so gut wie keine anderen Pilger hier waren, empfand ich als angenehm.

Ich denke, ich brauchte die Ruhe, da sich meine Stimmung nach meinem tollen spirituellen Erlebnis in der Kapelle wieder gelegt hatte und ich Heimweh fühlte, da ich meine Familie wieder stark vermisste.

Als ich zurück zur Herberge ging, spürte ich plötzlich einen stechenden Schmerz im rechten

Knie, der ohne Vorankündigung da war und wieder verschwand, sobald ich das Knie entlastete.

Ich kapselte mich etwas von den anderen Pilgern ab, die nach dem Essen noch gemütlich bei einem Glas Wein saßen, und hoffte, dass das Knie morgen keine Probleme machen würde.

Tag 7, von Estella nach Torres del Río

An diesem Morgen gingen fast alle alleine los. Ich war wie so oft einer der Letzten und kam um ca. 8 Uhr, nach meinem neuen Lieblingsfrühstück, bestehend aus Kamillentee, einem Apfel und ein bis zwei Zigaretten, in die Gänge. Denn langsam aber sicher hatte ich nämlich das Weißbrot, das man hier an allen Ecken und zu beinahe jeder Tageszeit und zu jedem Essen bekam, satt.

Gleich nach der Herberge ging es sehr steil zum Stadtkern hinunter, was für mein rechtes Knie gleich zum Start eine echte Tortur war, wobei es stechend schmerzte. Doch als das steile Stück hinter mir lag und der Weg größtenteils eben aus Estella führte, wurden die Schmerzen wieder weniger.

Kurz darauf erreichte ich auch schon den berühmten Weinbrunnen, den Fuente de Vino, bei dem ehemaligen Klosterweingut Bodegas Irache.

Der Fuente de Vino, leider schon vor neun Uhr morgens leergetrunken

Es war zwar noch nicht mal neun Uhr, aber ich freute mich auf eine Kostprobe des kräftigen Rotweins. Leider vergeblich, denn der Brunnen war für diesen Tag von den vielen Pilgern, die früher starteten, schon leer getrunken. Also blieb mir nur ein Schluck Wasser vom anderen Hahn des Brunnens. Wenig überraschend mit einem zarten Chloraroma.

Wenige Hundert Meter weiter kam ich an eine Weggabelung. Beide Wege waren beschildert, also habe ich mich für den Weg mit der kürzeren Entfernungsangabe entschieden, obwohl dieser Weg in meinem Wanderführer nicht beschrieben war. Ich wollte mir aber jeden Meter sparen, um mein Knie zu schonen. Leider hat sich herausgestellt, dass dieser Weg bedeutend mehr Höhenmeter beinhaltete als die „offizielle" Variante.

Dennoch war ich froh, mich für diesen Weg entschieden zu haben, da ich anscheinend der Einzige mit dieser Entscheidung war und er als ein schöner, schmaler Pfad hinauf durch einen Wald und danach über die Almen führte. Von dort oben konnte ich auf den anderen Weg schauen, der eine lange, fade Schotter-straße zu sein schien, und sah, wie viele Pilger dort unterwegs waren.

Ich begann zu singen und auf dem kleinen Erbstück, einer alten Mundharmonika, die mir meine Mutter als Glücksbringer mit auf den Weg gab, zu spielen.

Inzwischen begann es zu regnen, was meiner musikalischen Laune keinen Abbruch tat und die erste Gelegenheit war, die Dichtheit des neuen Regenponchos zu testen.

Ich schaute mich nur von Zeit zu Zeit um, obwohl niemand in meiner Nähe war und meine musikalischen Ergüsse ertragen musste, wobei er mich für verrückt erklären könnte.

Nach ca. zehn Kilometern begann der Abstieg, was meinem Knie wieder sehr zusetzte. Der Weg führte auch wieder durch ein Dorf, weswegen ich meine Mundharmonika lieber ein-packte. Nach ein bis zwei Kilometern war ich wieder auf dem „richtigen", – Gott sei Dank – ebenen Weg und mitten unter zahlreichen Pilgern. Trotzdem wurde es von dort an sehr zäh für mich.

Das Knie schmerzte nun auch auf ebenen Wegen etwas, unterhalb des Riemens vom Rucksack begann ein stechender Schmerz in der linken Schulter und die Fußsohlen brannten auch mit jedem Schritt mehr. Ich schleppte meinen Körper durch den Landregen bis nach Los Arcos, das gut acht Kilometer von Torres del Río, meinem Wunschziel für den Tag, entfernt lag. Wegen meines körperlichen Zustands und des anhaltenden Regens habe ich überlegt, in Los Arcos zu bleiben. Sogar eine Casa de Austria, eine von einem österreichischen Verein ge-führte Herberge, gab es dort. Trotzdem habe ich beschlossen, eine ausgiebige Pause in einer Bar zu machen und abzuwarten, was sich so tut – beim Wetter und bei mir. Ich habe mich bei Cola, Bier und Tortilla gelabt. Inzwischen hat der Regen auf-gehört und ich habe beschlossen, mich die letzten acht Kilo-meter bis Torres del Río „durchzubeißen". Ich veränderte die Einstellungen an meinem Rucksack so, dass die linke Schulter so weit wie möglich entlastet wurde, und breitete den fast wasserdichten, neuen Regenponcho zum Trocknen über den Rucksack. Als ich losgehen wollte, traf ich Holger, der aus der Iglesia de Santa Maria spazierte und nun auch weiterwollte, worauf wir uns zusammenschlossen und gemeinsam loszogen. Wir haben uns sehr angeregt unterhalten und das Gespräch wurde von Thema zu Thema intimer. Wir unterhielten uns über die Steinmännchen und deren Bedeutung am Jakobsweg und das Cruz de Ferro. Ich erzählte ihm auch davon, dass das Cruz de Ferro mein eigentliches Ziel am Camino sei und ich dort den kleinen Smaragd, den ich von Ines geschenkt bekommen habe, ablegen und zurücklassen wolle. Ines beschäftigt sich viel mit Steinen und deren Wirkung als Heilmittel. Der Smaragd soll gut für das Herz sein. Ich hatte den Eindruck, dass mein Smaragd sehr viel Schmerz aufgenommen hatte, und ich wollte diese Last loswerden.

Also wollte ich Ines' Idee umsetzen und den Smaragd am Cruz de Ferro ablegen.

Ich habe Holger auch von meiner Hochzeit auf Jamaica erzählt und den Komplikationen bei der Geburt meiner ältesten Nichte und wie dies meine Angst vor dem Kinderkriegen ausweitete.

Es hat gut getan, sich jemandem beinahe Fremden so öffnen zu können und einfach darauf los zu plaudern, ohne nachzudenken, was man alles von sich preisgibt, so, wie es zu Hause im „echten Leben" der Fall ist. Sieben der letzten acht Kilometer vergingen wie im Flug. Erst als kurz vor Torres del Río nach einer Rauchpause der Gesprächsfluss langsam ins Stocken kam, haben Schulter, Knie und Fußsohlen zurückgeschlagen. Ich musste mein Tempo extrem drosseln und ließ Holger vorgehen.

Die letzten 500 Meter schienen länger zu sein als die sieben oder acht Kilometer davor.

Als ich endlich in Torres del Río ankam, traf ich Holger wieder, der mit den beiden Schwaben Rolf und Stefan schon auf Herbergssuche war.

Herrlicher Ausblick auf Torres del Río

Als wir endlich fündig wurden und „eingecheckt" hatten, trafen wir im Schlafraum auch Elke und Wolfgang, den pensionierten, deutschen Arzt von der Herberge in Puente la Reina. Es fühlte sich schon an wie in einer trauten Runde und es war schön, die Abende nicht alleine verbringen zu müssen. Ich war neugierig, wo Christopher und Basti untergekommen sind und ob ich sie wiedersehen würde. Es machte den Eindruck, als würde am Camino ein tägliches Rennen veranstaltet, bei dem man am Abend sieht, wer rausgeflogen ist. Für diesen Tag war ich froh, nicht „rausgeflogen" zu sein und in „meiner" Runde den Abend verbringen zu dürfen. Ich hoffte, durch meine wärmende Traumasalbe meine schmerzenden Körperstellen bis zum nächsten Morgen in den Griff zu bekommen. Mit der Gewissheit, dass die knapp 30 Kilometer für mich eindeutig zu viel waren, wollte ich es am nächsten Tag wieder ruhiger angehen lassen und genoss den Abend in heiterer Pilgerrunde in tollem Ambiente, nämlich dem Gastraum der Herberge, der noch wie zu Mittelalterzeiten aussah und wo wir uns beim Abendessen wie bei einem Ritteressen fühlten.

Tag 8, von Torres del Río nach Logroño

Wie fast immer war ich auch an diesem Tag einer der Spätstarter. Die Schulter wurde nachts über viel besser. Das Knie leider nicht. Die Stufen runter vom Schlafraum zur Straße bewältigte ich wie mit einem Holzfuß, ich konnte das Knie unter Belastung kaum einfedern. Die Schmerzen dabei waren eher noch größer, als sie gestern schon waren. Auf ebenen Wegen konnte ich bei gedrosseltem Tempo und belastungsschonendem Gang die Schmerzen einigermaßen unter Kontrolle halten und zumindest weitergehen. Nach Logroño waren es ja auch nur 20–21 Kilometer, das würde ich schon schaffen, machte ich mir selber Mut.

Leider ging es bald nach Torres del Río auf unbefestigten Wegen ständig auf und ab und ich musste noch langsamer gehen, als ich schon gestartet bin, habe aber immer noch eine spanische Pilgerin eingeholt, die aufgrund ihrer offensichtlich massiven Schmerzen schätzungsweise über fünf Stunden für zehn Kilometer benötigte. Ich konnte die schöne, teils mediterrane Gegend wegen meiner Schmerzen überhaupt nicht genießen.

Nach elf Kilometern erreichte ich endlich die einzige Stadt auf der heutigen Etappe bis nach Logroño, nämlich Viana, die gleichzeitig auch die letzte Stadt in der Region Navarra ist. Nach dem mühsamen und zeitintensiven Stück Arbeit bis hierher wollte ich wegen schmerzstillenden Cremes, Gels oder sonst irgendwas Hilfreichem endlich eine Apotheke aufsuchen, von denen es teilweise in den Ballungszentren am Jakobsweg nur so wimmelt. Leider war ausgerechnet Karfreitag, anscheinend einer der wichtigsten Feiertage in Spanien, und es war unmöglich, eine offene Apotheke zu finden.

Direkt neben der Straße, wenige Meter vor dem Ortskern, stand eine sehr imposante Kirche. Ich fand, dass es der richtige Zeitpunkt war, um mit „Gott" zu sprechen, weswegen ich mich in der Kirche ganz nach vorne in die erste Reihe setzte und sie als Kanal für mein Gespräch „missbrauchen" wollte.

Denn ich wollte natürlich nicht den Gott der katholischen Kirche anbeten, an den ich gar nicht glaube, sondern mit meinem Gott, dem höheren Wesen meiner selbst, der übermenschlichen Macht, die über mich wacht, möglicherweise meinem Schutzengel, sprechen. Bei meinem Gebet habe ich mich bedankt, hier sein zu dürfen, und ich bat ihn, mir die Kraft zu geben, das alles hier ertragen zu können und das Positive darin zu erkennen. Ich bat auch darum, die Kraft zu haben, um mein Knie in den Griff zu bekommen, und dass er mich spüren lässt, dass meine Lieben zu Hause bei mir sind und mir somit Mut senden. Danach bedankte ich mich, dass er mir zugehört hat, und entzündete ein Licht für meine Familie und mich, das uns beschützen sollte.

Ich verließ die Kirche und wollte mir in einem kleinen Ramschladen 50 Meter vor der Kirche, der trotz Feiertag geöffnet hatte, einen Wanderstock kaufen, um endlich das Knie etwas entlasten zu können.

Doch auf halbem Weg kam mir Basti entgegen und wir unterhielten uns kurz. Er hat letzte Nacht, so wie Christopher, in der Casa Austria in Los Arcos, also ca. acht Kilometer hinter uns, verbracht. Ich erzählte ihm von meinem Problem mit dem rechten Knie, worauf er mir seine immer stärker werdenden Knieschmerzen beschrieb und sagte, dass er sich am Vorabend einen Stützstrumpf in der Apotheke gekauft hätte, der Wunder wirke, und er nun beim Gehen keine größeren Probleme mehr hätte. Er wollte auch gleich ohne Pause weitergehen und seinen gefundenen Rhythmus ausnutzen, weswegen es bei dem kurzen Gespräch blieb, er sich wieder seine Kopfhörer in die Ohren steckte und weitermarschierte.

Die sehr prunkvolle Iglesia de Santa Maria in Viana

Gleich neben uns war ein kleines Café, bei dem zwei Damen pausierten und unserem Gespräch lauschten, wonach mich eine der beiden mit bayrischem Dialekt ansprach und mir ihren unbenutzten Stützstrumpf schenken wollte. Ein Geschenk, das ich nicht annehmen konnte, weshalb wir uns auf fünf Euro als Kaufpreis einigten. Ich war wieder einmal beeindruckt und dankbar für die Hilfsbereitschaft dieser Pilger. Ich legte den Strumpf an, kaufte mir in dem kleinen Ramschladen noch einen Walking-Stecken mit Federung, ebenfalls um heiße fünf Euro, und machte mich voller Zuversicht wieder auf den Weg. Als ich Viana verließ, sah ich ein Gebäude der Firma „Kraft", dessen Schriftzug in großen Lettern auf der Fassade stand. Ich empfand es wie ein Zeichen auf mein Gebet. Es konnte doch unmöglich Zufall sein, dass ich fünf Minuten nach meiner Bitte nach Kraft und Hilfe mit dem Knie einen Stützstrumpf erhalte, endlich ein offenes Geschäft mit einem günstigen Walking-Stecken sehe und das Wort Kraft das erste und einzige Mal in meinem Leben bis jetzt riesengroß auf einem Gebäude stehen sehe. Ich konnte kaum glauben, was ich da eben erlebt hatte.

Ich ging voller Vertrauen weiter, mit diesen Zeichen gab es keine Zweifel, ob ich es bis nach Santiago schaffen sollte – zumindest nicht für diesen Moment.

Als Willkommensgruß der Region La Rioja, die ich wenige Kilometer später erreichte, begann es wieder einmal zu regnen. Der Stützstrumpf stellte sich offensichtlich nicht wie angepriesen als ein Wundermittel heraus und brachte kaum Besserung.

Trotzdem war ich froh über jedes Hilfsmittel, das ich erhalten konnte, und dachte mir: „Jetzt erst recht, ich marschiere in Santiago ein, und sei es das Letzte, was ich tue." Ich liebte und hasste den Camino gleichermaßen und wollte ihn sowie meinen Geist und Körper bezwingen.

Der Regen wurde wieder weniger und hörte, kurz bevor ich Logroño erreichte, wieder ganz auf, und die durchblinzelnde Sonne erwärmte sofort die feuchte Luft.

Liebevoll gestaltetes Haus kurz vor Logroño

Durch die letzten Kilometer auf Asphalt begannen die Fußsohlen wieder so zu brennen, dass mich die Knieschmerzen nicht
mehr so sehr beschäftigten. Ich habe beschlossen, mir wieder
einmal nach über einer Woche den Luxus eines Einzelzimmers
für diese Nacht zu gönnen, um wieder mal Platz und Ruhe
zu haben und mich besser auskurieren zu können. Ich ließ die
erste Herberge in Logroño also links liegen und ging weiter
durch die Altstadt, bis ich nach einer knappen halben Stunde
endlich ein Schild einer Pension sah. Es war eine große Pension
und ich war umso mehr verwundert, als mir der Rezeptionist
sagte, dass alles voll sei. Doch er war so freundlich, mir auf
einem Stadtplan zwei weitere Pensionen in der Nähe anzu-
zeichnen. Ich ging also weiter in Richtung nächster Pension,
an deren Stelle nur noch eine Baustelle war, und ich versuchte
es bei der nächsten Adresse. Als ich durch die vielen kleinen
Gassen endlich die richtige Straße fand und vor der Tür stand,
war diese verschlossen. Es war weder eine Meldung zu lesen

noch eine Glocke zu finden. Schließlich war ich schon weit über einer Stunde auf Zimmersuche und alles, was ich gefunden hatte, waren gehobenere Hotels und eine ausgebuchte Pension. Ich resignierte verärgert und ging zurück zur Herberge. Ich traute meinen Ohren nicht, als ich erfuhr, dass mittlerweile dort auch alles voll war und ich auf die kirchliche Herberge ein paar Straßen weiter, direkt im Nebengebäude einer Kirche, verwiesen wurde. Ich umkreiste die besagte Kirche mit dem angrenzenden Gebäude zweimal. Ich fand weder eine offene Tür noch ein Schild, das auf eine Herberge hingewiesen hätte. Mittlerweile war ich seit über zwei Stunden in Logroño auf Bettsuche, war müde, wollte nicht mehr gehen, war verzweifelt und mittlerweile bereit, mir ein Zimmer in einem der teuren Hotels zu nehmen, als mich ein spanischer Pilger sah, der diese Nacht in der kirchlichen Herberge verbracht hatte und von ein paar Besorgungen wieder zur Herberge zurückkam. Er zeigte mir den Eingang, der sich nur wenige Meter hinter mir befand. Die Türe war verschlossen und es gab kein Schild. Er drückte eine bestimmte von mehreren Glocken, von denen keine beschriftet war. Ein kleiner Junge öffnete die Türe und wies mir eines der letzten freien Betten zu. Ich war froh, endlich etwas ausruhen zu können und für diese Nacht ein Dach über dem Kopf zu haben, obwohl die Herberge mit Abstand die schlechteste war, die ich am Camino erlebt habe, und ich mich unter lauter fremden Spaniern nicht besonders wohlfühlte, da ich mich mit niemandem dort verständigen konnte. Mittlerweile war es Abend und der Hunger trieb mich wieder in die Altstadt. Die Straßen wurden voll und voller. Es schien so, als ob sich alle Menschen, die in Logroño waren, auf der Straße versammelt hatten. Bei den Menschenmassen wunderte es mich nicht, dass ich kein Zimmer mehr bekam. Es war ja Karfreitag und die Osterprozessionen waren hier ein angebliches Highlight, was mir ein Pilger in Roncesvalles erzählt hatte, wie ich mich erinnerte. Bei meiner Laune waren mir allerdings die schönen Paraden ziemlich egal und ich versuchte nur, einen Weg durch die Massen und Straßensperren zu finden, um rechtzeitig vor 22 Uhr wieder in der Herberge zu sein.

Ich fand das Ganze etwas abstrakt und dachte bei den Gewändern und den spitzen Mützen eher an einen Aufmarsch des Ku-Klux-Klans als an eine christlich, religiöse Zeremonie.

Meine Stimmung war gereizt und ich wurde trübsinnig, als ich den Abend so alleine verbrachte. Ich vermisste meine „Camino-Freunde" und fragte mich, ob alle anderen von unserer Gruppe beisammen waren. Meine Bedenken, wie es nun weitergehen sollte, wuchsen und bereiteten mir große Sorgen. Das Knie schien sich für die Strapazen rächen zu wollen, denn die Schmerzen wurden nun in der Ruhephase eher noch schlimmer als besser. Ich lag in meinem Bett und hörte um 23 Uhr noch immer das lautstarke Trommeln der Parade, die direkt vor der Kirche vorbeiging. An Schlaf momentan nicht zu denken! Ich hasste diese Stadt. Hier passte mir so gar nichts.

Selbst das Glas Rioja zum Abendessen war das schlechteste Glas Wein bis jetzt, und davon hatte ich in Spanien schon viele getrunken.

Im Geiste malte ich mir wie so oft Worst-Case-Szenarien aus, die je intensiver man sich mit ihnen beschäftigt, immer realistischer erscheinen. So schaute ich im Reiseführer schon, wie weit die nächsten Städte mit Krankenhaus entfernt lagen, wo ich im Notfall Hilfe bekommen könnte. Es könnte ja sein, dass die Schmerzen durch eine Entzündung entstanden sind und diese mittlerweile so massiv war, dass sie im Körper toxisch werden würde, mich also vergiften könnte; oder das Knie wäre so kaputt, dass bleibende Schäden bis hin zur Amputation möglich seien. Was, wenn ich irgendwo im Nirgendwo hilflos oder gar bewusstlos im Straßengraben liegen würde? Noch dazu der vor allem morgens verschleimte und gereizte Hals, der mich schon seit dem Beginn der Reise genervt hat! Das würde übrigens auch gut zu meiner laienhaften These mit den Toxinen vom Knie zusammenpassen.

Würde mich Ines noch lieben, wenn ich nach Hause komme, oder könnte sie sich inzwischen zu weit von mir weggelebt haben und sehen, dass sie ohne mich besser dran wäre? Ich hatte, wie manchmal zuvor, ein schlechtes Gewissen, meine Familie für so lange Zeit alleine zu lassen.

Was denken all die Leute zu Hause von mir? Was würden sie denken, wenn ich nun einfach abbrechen und nach Hause fahren würde? Was denken sie überhaupt von mir, dass ich hier bin?

Und so weiter, und so weiter, mein Geist ließ nichts aus. Jeder Zweifel, jedes kleine Wehwehchen wurde aufgegriffen und gewälzt. Ich fühlte mich klein, schwach, als Versager.

Anscheinend habe ich es irgendwann in der Nacht doch noch geschafft einzuschlafen und, zumindest soweit ich mich erinnern kann, keine üblen Träume zu haben.

Tag 9, von Logroño nach Navarrete

Es regnete wieder einmal; passte ganz gut zu meiner Verfassung und Stimmung. Einige Pilger waren schon weg, als ich aufstand. Als ich um halb neun losgegangen bin, sind allerdings noch immer ein paar einheimische Pilger in ihren Betten gelegen und schliefen den Rausch von den Osterprozessionen aus. Für sie war offenbar Logroño das Ziel und ich hoffte, dass es von nun an ruhiger und besinnlicher würde am Camino. Denn ich muss zugeben, dass ich kein großer Freund vom spanischen Pilger war, der sich morgens überpünktlich, wie getrieben, fast hektisch, meist in größeren Gruppen, teilweise recht lautstark, auf den Weg machte.

Ich humpelte durch Logroño, zuerst durch die Altstadt und die lange Neustadt, was mir schon wie eine Ewigkeit vorkam. Auf einmal kam mir Wolfgang entgegen, der seinen Regenponcho in der Herberge holen wollte, wo er ihn vergessen hatte. Er erzählte mir, dass gestern Abend wieder alle von „unserer Gruppe" zusammen waren und einen angenehmen Abend verbracht haben.

Ich wollte unbedingt Schritt halten und mich nicht von meinen Freunden abhängen lassen – trotz meines havarierten Knies.

Als ich endlich Logroño hinter mir gelassen hatte, kam ich in eine weitläufige und schöne Parkanlage mit einem großen See. Dort kam ich mit einem mir auch schon bekannten deutschem Pilger ins Gespräch, der mir aufgrund meiner Leidensgeschichte Voltaren-Creme empfahl und mir zu kürzeren Etappen oder gar einem Tag Pause riet, da ich ja keinen fixen Zeitrahmen hatte. Ich wusste, dass er recht hatte, wollte es mir aber natürlich nicht so recht zugestehen.

Als wir an einem kleinen Gasthaus am See vorbeikamen, habe ich beschlossen, mir eine Pause zu gönnen. Ich war ganz überrascht und habe mich gefreut, als ich dort Stefan und Rolf sah, die auch ziemlich kaputt waren und schon überlegten, in der nächsten Stadt, also Navarrete, zu übernachten.

Kurz darauf hielten dort auch die bayrischen Damen, von denen ich den Stützstrumpf bekommen habe, um zu pausieren. Wir unterhielten uns ein wenig und gingen fast zeitgleich, aber getrennt, weiter. Es ging mehr als schleppend voran und jeder Schritt war eine Qual.

Es war unübersehbar, dass ich in einer Weingegend war. Weinreben, so weit das Auge reicht. Der Boden ist hier karg und lehmrot. Man kann schon am Boden erahnen, dass der Wein schwer sein muss, so wie der Rioja ja dafür bekannt ist. Zu dieser Jahreszeit waren die Rebstöcke so zurückgeschnitten, dass nur mehr ein kurzer Stamm aus der Erde ragte, was bei so riesigen Anbaugebieten sehr radikal aussah, wenn man wie ich die grünen, saftigen Weinhänge der Steiermark kennt.

Überall auf den Feldern waren die Schläuche zur Bewässerung zu sehen und deuteten auf die heißen und trockenen Sommermonate hin, während es momentan leider sehr kalt und feucht war.

Ich dachte mir, wie schön es sein muss, hier im Spätsommer durchzuwandern.

Kahle Weinfelder, so weit das Auge reicht

Dort, wo der Schotterweg parallel neben einer Autobahn verlief, war dieser durch einen Maschendrahtzaun von der Autobahn abgegrenzt. Über mehrere Hundert Meter war der Zaun übersät mit kleinen Kreuzen, die die Pilger größtenteils aus Zweigen bastelten und als Symbol ihres Glaubens dort anbrachten. Es ist zwar nicht das Symbol meines Glaubens, aber es gab mir Hoffnung, zu erkennen, wie viele Menschen hier vereint einen positiven Gottesglauben hegten und ein Zeichen setzten.

Nachdem ich schon von Weitem Navarrete sehen konnte, habe ich die kleine Provinzstadt zu Mittag dann auch endlich erreicht. Dort angekommen, suchte ich die erste Bar am Weg auf, um nach meinem ausgiebigen Frühstück, nämlich einem Apfel am Weg, Mittag zu essen und zu überlegen, wie und ob es an dem Tag noch weitergehen sollte. Die beiden bayrischen Damen waren auch hier, um etwas zu essen, und sie luden mich ein, an ihrem Tisch Platz zu nehmen, was ich gerne annahm, und wir aßen gemeinsam. Es war sofort eine gute Gesprächsbasis zwischen uns und sie waren auch der Meinung, dass für mich an diesem Tag Endstation hier sein sollte, nachdem sie unterwegs schon meinen humpelnden Gang gesehen haben. Ich dachte, wenn mir das sogar schon fremde Menschen raten, würde es wohl wirklich besser sein, kürzer zu treten und meine Zelte hier aufzuschlagen. Mir wurde immer bewusster, dass ich hier war, um meinen Weg zu gehen, und nicht, um irgendjemandem nachzulaufen. Diese Erkenntnis war ein erleichterndes Gefühl.

Schließlich sollte ich mich nicht durch den Camino quälen und es wie ein Wettrennen sehen, sondern den Weg genießen, ihn als das Ziel sehen und mögliche daraus resultierende Denk- und Verhaltensentwicklungen mitnehmen.

Heidi und Marion wollten auch nur mehr die sieben Kilometer bis zum nächsten Dorf Ventosa gehen.

Hunderttausende von Kreuzen entlang eines Wegabschnittes

Kleinstadt Navarrete, die man durch Weinfelder erreicht

Sie konnten es gemütlich angehen, da sie noch genug Zeit hatten, um rechtzeitig für die schon gebuchte Heimreise in Burgos zu sein.

Aus Zeitmangel haben sie beschlossen, dass ihre Reise dieses Jahr in Burgos enden sollte, nächstes Jahr in León und übernächstes in Santiago. Viele Pilger, mit denen ich gesprochen habe, machten das ebenfalls so. So zum Beispiel auch Holger. Christopher hatte die Zeit, um bis nach León zu kommen.

Sie machten sich also wieder auf den Weg und ich kam gerade noch rechtzeitig zur nächsten Apotheke, um mir Voltaren und einen etwas engeren Stützstrumpf zu kaufen, bevor die Apotheken das ganze Wochenende geschlossen hatten.

Dann suchte ich eine günstige Pension mit einem freien Einzelzimmer für diese Nacht und wurde am Ortsende auch tatsächlich fündig. Sie hatte die besten Jahre wohl schon mehrere Jahrzehnte überschritten, Bad und WC waren am Gang, aber nach den letzten Tagen in den Herbergen war das schon wie ein kleines Stück Luxus, und um 19 Euro die Nacht kann man wohl kaum meckern. Sogar ein Heizkörper, den ich in einigen Herbergen so vermisste, war im Zimmer. Der war bei diesem eiskalten Regenwetter auch bitternötig und ich nutzte die Gelegenheit, um ein paar meiner Klamotten im Waschbecken zu waschen und am Heizkörper zu trocknen. Somit war das Tagesprogramm bereits am frühen Nachmittag erledigt und ich wollte das seltsam charmante Städtchen erkunden und einen guten Rioja trinken gehen. Ich humpelte also noch mal los und landete in einer kleinen Seitenstraße in einer dunklen, aber urigen Bar. Hier traf sich die Dorfjugend – und ich. Weder Touristen noch Pilger waren hier und von den Einheimischen sprach niemand ein Wort Englisch oder Deutsch. Aber die Musik war gut und der Wein schmeckte ausgezeichnet, also blieb ich noch etwas länger und machte es mir an der Theke gemütlich. Ich genoss es, wie herausgerissen zu sein aus meinem Pilgeralltag. Ich dachte nicht an meine Probleme, am Camino wie im Leben, und ich dachte auch nicht, wie es am nächsten Tag weitergehen sollte. Ich glaube, ich habe mit der Erkenntnis und der Entscheidung, den Camino nicht einfach durchzulaufen um jeden Preis, momentan viel Druck von mir genommen.

Ich genoss es, die verschiedensten Menschen in der Bar zu beobachten und der spanischen Sprache zu lauschen, was sehr interessant war, obwohl ich natürlich kein Wort verstanden habe.

Je später die Stunde, umso ausgelassener wurden die Atmosphäre, die Musik lauter und die Gäste jünger. Von der Kellnerin bekam ich einen kleinen Spanisch-Crashkurs und sie hatte offensichtlich viel zu lachen mit mir – oder über mich. Kurz darauf kam ein Rocker Mitte 30 in die Bar und stellte sich neben mich an die Theke. Der stämmige Riese mit seinen langen Haaren und seiner schwarzen Lederjacke sah für mich aus wie der typische Harleyfahrer. Er begann sich mit mir zu unterhalten, als ob wir uns schon länger kannten. Ich habe ihm auf Englisch erklärt, dass ich kein Spanisch spreche und kein

Wort von ihm verstehe, was ihn allerdings wenig beeindruckt hat, denn er konnte, wie alle hier, kein Englisch, und so plauderte er immer weiter mit mir. Ich dachte mir, was soll's; erzähle ich ihm eben ein paar Sachen auf Englisch. Das ging eine ganze Zeit so weiter. Beim Gespräch mit Händen und Füßen habe ich dann doch herausinterpretieren können, dass er seit ca. einem halben Jahr hier lebte, aus Barcelona kam und Bassgitarre in einer Band spielte. Von mir hat er allerdings nichts verstanden, weshalb ich die Erklärungen auf Englisch bald aufgab und steirisch mit ihm gesprochen habe. Es hat ja sowieso keinen Unterschied gemacht. Mit steigendem Alkoholspiegel war es uns beiden anscheinend völlig egal, ob der andere etwas verstand, Hauptsache, wir konnten uns mit jemandem unterhalten, und wir amüsierten uns prächtig. Ich habe noch nie zuvor so eine eigenartige und spaßige Erfahrung gemacht. Später kam noch ein junger Mensch, anscheinend ein Bekannter von meinem neuen Rockerfreund, zu uns. Er konnte wider Erwarten ein paar Brocken Englisch und erklärte mir, dass er mit uns Cola-Rot trinken wollte. Ich bezahlte inzwischen meine ca. 12 Gläser Rioja und konnte den Preis von 60 Cent pro Stück kaum glauben. Demzufolge sturzbetrunken war ich, als ich noch mal, wie in Spanien üblich, vor die Tür ging, um eine weitere Zigarette zu rauchen. Gott sei Dank war ich trotzdem noch so geistesgegenwärtig und habe beschlossen, nicht wieder hineinzugehen, sondern mich russisch zu verabschieden. Es muss schon ca. 21 Uhr gewesen sein, und da ich meine letzte Mahlzeit schon zu Mittag hatte, hatte ich auch entsprechend großen Hunger. Also riss ich mich zusammen und bekam in dem etwas gehobeneren Lokal direkt am Platz vor der Kirche ein wirklich ausgezeichnetes Pilgermenü, was auf meiner Reise äußerst selten der Fall war. Ich saß alleine an einem kleinen runden Tisch und der Kellner brachte mir zum Menü ungefragt, weil hier anscheinend so üblich, eine frisch geöffnete Flasche Rioja. Die Flasche war natürlich im Preis des Menüs inkludiert. Etwas ungläubig und erheitert wartete ich ab und trank zum Essen dann doch noch zwei Gläser. Unglaublich, dass hier eine Flasche Wasser fast mehr wert ist als eine Flasche Hauswein.

Gegen 22 Uhr war ich endgültig satt, betrunken, todmüde und war froh, dass ich von der Bar abgehauen bin. Vermutlich würden wir schon laut zur Musik grölen, uns umarmen, oder auf den Tischen tanzen und ich hätte am nächsten Morgen ein böses Erwachen.

Ich fiel ins Bett und schlief wie ein Stein.

Tag 10, von Navarrete nach Azofra

Es war finster, als ich aufwachte. Die Uhr am Handy zeigte mir, dass es ca. vier Uhr morgens war.

Zu meinem Brand gesellte sich offensichtlich ein ausgereifter Schnupfen. Durch die Nase bekam ich gar keine Luft mehr und der Hals war hartnäckig verschleimt.

Seit ich in Spanien war, bereitete mir der Hals immer wieder Sorgen, doch nun hatte es das „spanische Frühlingswetter", das in den letzten Tagen wohl eher vergleichbar mit dem Herbst in Schottland war, endgültig geschafft und mir eine Verkühlung beschert.

Ich wälzte mich im Bett hin und her und schaffte es kaum mehr, einzuschlafen. Als ich es doch noch geschafft habe, träumte ich wieder wirres, unangenehmes Zeug, von dem ich nach dem Aufwachen kaum mehr was wusste. Ich spürte aber noch die Anspannung, die sich in mieser Morgenstimmung äußerte, wie schon ein paar Mal zuvor am Camino.

Um neun Uhr stand ich dann endgültig auf, nachdem der übermäßige Weinkonsum überraschenderweise kaum Nachwehen hinterließ, und machte mich fertig, um weiterzugehen. Das Frühstück fiel reichhaltig aus, denn neben Wasser und dem Apfel gab es auch eine Parkemed gegen den Schnupfen. Die gute Nachricht zum Morgen: das Knie wurde eine Spur besser!

Entweder die Voltaren-Schmiererei zeigte wohl erste Wirkung; oder der Wein schmierte die Gelenke!?

Gleich nach dem Ortsausgang ging es gleich wieder durch zahlreiche flache Weinfelder.

Der Himmel war bedeckt und der eiskalte Wind blies sturmböenartig ins Gesicht. Der Wind war so kalt, dass ich mir sicher war, irgendwo in der Nähe müsste es geschneit haben. Es muss ein schlauer Wind gewesen sein. Er schien zu wissen, in welcher Himmelsrichtung ich unterwegs war, denn er schaffte es immer, genau in die entgegengesetzte Richtung zu blasen, und machte den Weg bis Najéra zur Qual. Wenigstens waren die ca. 17 Kilometer vorwiegend eben und ein „gangbarer" Weg für mein nach wie vor schmerzendes Knie.

Najéra war für das mittlerweile verwöhnte Auge wie eine Ohrfeige gegen die schönen, gepflegten und authentischen Städte zuvor und erinnerte mich ein wenig an eine Ostblockstadt.

Ich pausierte dort und ging, trotz meines Erlebnisses in Bilbao, wieder mal chinesisch essen, um einem weiteren Pilgermenü zu entgehen.

Nach einer ausgiebigen Rast und einem genießbaren Essen fühlte ich mich wieder erwärmt und gestärkt, und da es erst ca. 14 Uhr war und mein Knie zumindest nicht schlechter wurde, habe ich beschlossen, bis ins ca. sechs Kilometer entfernte Azofra weiterzumarschieren.

Von hier an legte sich auch der Wind und der zuvor unspektakuläre Weg entwickelte sich für mich zu einem absoluten Highlight. Es zeigte sich mir eine unwirkliche und gegensätzliche Gegend.

Es war wie wilder Westen mit einem Hauch von Neuseeland. Der ganze Boden war rötlich gefärbt, sogar das schroffe Gestein. Karge Vegetation und Weinreben, so weit das Auge reicht. Zwischendurch, wie abgerissen, saftiges Grün auf den Feldern, und im Hintergrund konnte ich die eingeschneiten Gipfel erkennen, von denen der kalte Wind gekommen sein musste. Ein sehr beeindruckender Anblick, der meine Stimmung deutlich aufhellte.

Beeindruckende Steilwand am Ortsende von Najéra

Wild West in Spanien!

Krasser Gegensatz nur wenige Hundert Meter weiter

Weinreben mit den eingeschneiten Gipfeln im Hintergrund

Deshalb vergingen die sechs Kilometer bis zum 280-Einwohner-Dorf Azofra auch so schnell.

Ich bezog in der städtischen Herberge, die gerade halb voll war, mein Quartier.

Es ist tatsächlich seit Logroño deutlich ruhiger am Camino geworden. Ich war den ganzen Tag alleine unterwegs und hatte nur ein kurzes Gespräch mit einem älteren irischen Pilgerpaar.

Am späten Nachmittag ging ich ins Dorfgasthaus, um eine heiße Suppe zu essen. Es war Ostersonntag und so war die ganze Dorfbevölkerung , im Alter von Null bis ca. 90 Jahren, dort, unterhielt sich, spielte Karten oder schaute einfach im Fernsehen Fußball an. Als ich zur Herberge zurückging, traf ich dort wieder Heidi und Marion, die auch hier übernachteten. Wir unterhielten uns ein wenig, rauchten ein paar Zigaretten und ich zog mich sehr früh zurück, um mich auszukurieren, mein Knie zu versorgen und wieder eine Tablette gegen den Schnupfen zu nehmen.

Tag 11, von Azofra nach Castildelgado

Nach meiner ausgiebigen Nachtruhe war ich schon um kurz nach sechs Uhr auf den Beinen, um mich wie allmorgendlich auf den Tag vorzubereiten. Das soll heißen, die Füße mit Hirschtalgcreme einzuschmieren sowie die zwischen den Beinen beinahe wieder verheilten Scheuerstellen zu behandeln. Das kaputte Knie mit Voltaren einzuschmieren und den Stützstrumpf anzulegen. Meine Allergietabletten zu nehmen, da ich in meiner stärksten Allergiezeit des Jahres unterwegs war, Magnesium für die Muskeln und noch eine Parkemed gegen den Schnupfen, der mir vor allem am Morgen wieder zusetzte. Danach Katzenwäsche, anziehen, den Rest des Rucksacks ausräumen und alles wieder nach meinem System einpacken, und nach einem kleinen Frühstück in der Herberge ging es um ca. 7:45 Uhr los – schon wieder!

Es wurde erst hell, als ich losging, und ich konnte bei klarem Himmel noch die Sterne sehen. Es war klirrend kalt und Reif war auf den Wiesen. Kurze Zeit später ging hinter mir die Sonne auf und ermöglichte es mir mit den ersten roten Strahlen, die traumhafte Kulisse in einer ganz besonderen Atmosphäre zu betrachten. Anhand der Landschaft konnte ich gut erkennen, dass ich die Weinregion La Rioja langsam wieder verließ. Die Gegend wurde hügeliger und die rote Erde mit ihren riesigen Weinfeldern wurde mehr und mehr von grünen Feldern abgelöst. Ich habe selten zuvor so intensives Grün gesehen!

Kurz darauf gabelte sich der Schotterweg, doch es waren keine der sonst so zahlreichen gelben Pfeile zu finden, die den richtigen Weg markierten. Nur zwei kleine Steinmännchen, auf der rechten Seite aufgetürmt. Ob das ein Hinweis für den richtigen Weg sein sollte? Die Karte im Wanderführer war zu ungenau, aber

Die ersten Sonnenstrahlen beleuchten die eingeschneiten Gipfel.
Der Mond im Hintergrund

Ein traumhafter Sonnenaufgang!

Eine wahrhaft beeindruckende Kulisse!

ich schätzte ungefähr ab, wo ich mich befand, und sah, dass kurz darauf ein markanter Linksbogen folgen sollte. Also habe ich mich auch für die linke Seite der Gabelung entschieden. Hinter mir in Blickweite waren noch drei, vier andere Pilger, die auch diese Richtung nahmen und mir folgten. Also war ich mir auch sicher, den richtigen Weg gewählt zu haben.

Ich war seit der Gabelung ca. zwei Kilometer unterwegs, als ich zu einer uneinsichtigen S-Kurve kam, an dessen hinterem Ende sich plötzlich ein hoher Zaun auftat, der ein Firmengelände umschloss. Weitergehen unmöglich, ich hatte mich also doch für den falschen Weg entschieden. Ich machte kehrt und sammelte die übrigen Pilger ein, die mir gefolgt waren, so wie ein älteres deutsches Ehepaar, mit denen ich mich noch kurz unterhalten habe, bevor ich wieder alleine ein etwas schnelleres Tempo machte. Nach dem Umweg von geschätzten vier Kilometern wurde es mir auch langsam warm und die verschneiten Berge im Hintergrund gaben einen fantastischen Kontrast zu dem saftigen Grün der Wiese. Ich kam, natürlich abgesehen vom Umweg, überraschend gut voran. So als ob meine „innere Maschine" durch Wärme und Sonne in die Gänge kam. Ich ging auch, bis auf eine Rauchpause mit Heidi und Marion, die ich unterwegs kurz getroffen habe, bis nach Santo Domingo de la Calzada durch, wo ich zu Mittag eintraf.

Santo Domingo ist ja eine der prominentesten Stationen am Jakobsweg und die beiden weißen Hühner, die angeblich in der Kathedrale gehalten werden, sollen an eine der populärsten Legenden des Weges erinnern. In fast allen Büchern zum Thema Jakobsweg habe ich über sie gelesen. Natürlich wollte ich das mit eigenen Augen sehen und die „legendären" Hühner fotografieren.

Als ich am Haupteingang der Kathedrale stand und doch tatsächlich ein Eintrittspreis zu bezahlen war, überlegte ich kurz, ob ich wirklich hineingehen sollte, da es mir einfach widerstrebte, Eintritt für ein Gotteshaus zu bezahlen. Da sich aber

Die grüne Welle

… unglaublich satte Farben …

Es grünt so grün!

darin auch eine Art Museum befand und ich gerne ein Foto von den Hühnern gehabt hätte, bezahlte ich, aber widerwillig.

Die protzige Baukunst war natürlich sehr beeindruckend, aber ich konnte die Hendln einfach nicht finden! Ich drehte noch eine Runde und suchte verzweifelt nach versteckten Neben-räumen – doch nichts. Keine Ahnung, ob sie irgendwo schlie-fen oder ob sie gerade ausgetauscht worden sind. In meinem Reiseführer stand, dass das nämlich alle 21 Tage gemacht wird.

Sie enden vermutlich doch als tote Brathühner, dachte ich mir.

Enttäuscht verließ ich die Kathedrale, hoffte, dass „Gott" meinen Eintritt wohlwollend zur Kenntnis genommen hat, und habe mir geschworen, nie mehr Eintritt bei einem kirchlichen Gebäude oder einer Institution zu bezahlen.

Ich beschloss, am Stadtende Rast zu machen und irgendwo etwas essen zu gehen. Doch wie es das Glück mit mir meinte, sollte ich kein Restaurant oder Ähnliches mehr am Ortsaus-gang finden, weshalb ich es mir auf einer Parkbank unter dem strahlend blauen Himmel bequem machte und die Reste vom gestrigen Einkauf fürs Frühstück aufaß.

Die Altstadt von Santo Domingo fand ich sehr reizend, dennoch habe ich beschlossen, den schönen Tag auszunutzen und zumindest bis nach Grañón weiterzugehen. Schließlich hatte ich ja auch vor, mal in Santiago anzukommen, und später dann meine Lieben zu Hause wiederzusehen.

Es ging weiter auf einem breiten Schotterweg, der parallel neben einer stark befahrenen Hauptstraße fast kerzengerade bis nach Grañón verlief. Man konnte den Weg kilometerweit sehen, was etwas frustrierend war in der hier unspektakulären Gegend direkt neben der Straße.

Und natürlich durfte bei so einem Streckenabschnitt der böige Wind von vorne nicht fehlen, der nach meiner Siesta aufkam und den schönen Tag in einen nicht mehr so schönen verwandelte. Es wurde manchmal richtig anstrengend, nach vorne zu kommen, und die Temperatur war für mich nie passend. Ich wusste nicht, ob ich mich nun ausziehen konnte oder ob mich die nächste Böe dann erstarren ließe. Schwitzen und Frieren lagen sehr eng zusammen. Ich habe mich wegen meines ohnehin schon angeschlagenen Gesundheitszustands fürs Schwitzen entschieden, meine Softshelljacke anbehalten und bis oben hin geschlossen. So fühlte es sich zwar ein bisschen wie in einer Dampfsauna an, aber wenigstens kam der kalte Wind kaum durch.

In Grañón machte ich erst mal eine bitter nötige Pause in einer Bar, um meinen Flüssigkeitsverlust auszugleichen. Ich fühlte, dass es für den Tag für meinen Körper schon genug war. Bei einem Blick in meinen Wanderführer stellte ich allerdings fest, dass es hier nur eine nicht besonders gut bewertete, kirchliche Herberge gab, und keine Pension, und das nächste Dorf nur knapp fünf Kilometer entfernt war. Nachdem ich erst in Logroño eine für mich wenig erfreuliche Erfahrung mit kirchlichen Herbergen gemacht hatte und ich mir wegen des Schnupfens eine Nacht in einem unterkühlten Massenlager ersparen wollte, packte mich der Ehrgeiz und ich machte mich noch mal auf den Weg.

Von nun an wurde es aber erst richtig beschwerlich! Denn den Wind konnte man mittlerweile eher schon als Sturm bezeichnen, ich wurde sehr müde, spürte mein Knie wieder stärker, jeder Muskel in den Beinen und die Füße, besonders die Sohlen, taten mir ziemlich weh. Da wurde die Verkühlung zu meinem geringsten Problem. Ich weiß nicht mehr wieso oder wodurch, aber irgendwann ca. ab der Hälfte der fünf Kilometer, die ich noch vor mir hatte, ärgerte ich mich gar nicht mehr über die Umstände und wurde ganz ruhig. Ich wurde noch müder und schloss sogar schon manchmal während des Gehens die Augen. Das habe ich sehr genossen, da mir das Sonnenlicht unangenehm grell erschien. Nach und nach fühlte es sich an, als ob mein Körper ganz von alleine ging, alles lief völlig automatisiert. Ich spürte auch kaum noch Schmerzen. Ich wusste zwar, dass sie da waren, das konnte ich schon von meinem hinkenden Gang ableiten, aber ich spürte es eben nicht mehr.

Der Wind war mir egal, denn das Gehen war ja nicht mehr anstrengend. Ich dachte mir, dass ich so noch stundenlang weitergehen könnte. Es war ein Moment totaler innerer Ruhe und mein Geist blendete alles aus, was mich dabei hätte stören können. Nichts hätte mich aufhalten können.

Von dort an verging auch die Zeit wie im Flug, ich erreichte im Nu mein Ziel und dachte mir: „Schade, dass es schon vorbei ist!" Da ich mich nach so einem langen Tag mit einem Einzelzimmer belohnen wollte und meine durchgeschwitzten Sachen unbedingt gewaschen gehörten, der Platz zum Trocknen in manchen Herbergen auch sehr eng bemessen war, habe ich mich entschieden, bis zum ca. 1,5 Kilometer entfernten Dorf Castildelgado zu gehen, wo in meinem Wanderführer ein Symbol für eine Pension eingezeichnet war. Somit waren es mit dem Umweg am Morgen deutlich über 30 Kilometer. Dementsprechend gerädert war ich dann auch, als ich endlich mein Zimmer in einer Pension für durchreisende Kraftfahrer am Highway bezogen habe. Das Dorf konnte maximal um die 50 Einwohner haben. Durch den Stil und den Zustand

Glückliche Hühner auf dem Weg auf unsere Teller!

der Pension kam es mir vor wie ein typischer Truck-Stopp in einem amerikanischen Kinofilm. Auf der gegenüberliegenden Straßenseite durfte ein von außen ziemlich billig wirkender Nachtklub nicht fehlen. Aber immerhin befanden sich Dusche und WC und sogar ein frisches Handtuch im Zimmer, und das war purer Luxus für mich.

Dort habe ich vom Fenster aus das erste Mal in meinem Leben einen wirklich vollgestopften Tiertransport gesehen, in dem mehrere Tausend Hühner gewesen sein mussten.

Als ich nach der Handwäsche und Dusche zur Ruhe kam, merkte ich erst, wie fertig ich war. Ich begann mich langsam auch etwas krank zu fühlen. Da Abendessen in der Bar unterhalb erst ab 21 Uhr angeboten wurde, nutzte ich die Zeit, um mich auszuruhen. Ich muss gleich eingeschlafen sein und bin erst pünktlich zum Abendessen wieder aufgewacht. Ich war zwar zu müde, um runterzugehen, um etwas zu essen, aber ich dachte mir, dass es nicht schaden könnte, etwas in den Magen zu bekommen, nach meiner spärlichen Resteverwertung zu Mittag. Außer mir war nur ein weiterer Gast hier, nämlich ein Pilger aus Kalifornien, mit dem ich mich auch schon mal kurz zuvor unterhalten hatte.

Die Menüauswahl hat mich nicht gerade in Begeisterung ausbrechen lassen, aber ich glaubte, eine gute Wahl mit Noodle-Soup und Meat with Chili getroffen zu haben. Allerdings wurde ich kurz darauf eines Besseren belehrt. Denn nach dem ersten Löffel Suppe fragte ich mich, was man alles falsch machen kann, um eine Nudelsuppe so wie diese schmecken zu lassen. Ich begann auch, die hygienischen Zustände in der Küche zu hinterfragen, in die ich beim Vorbeigehen einen flüchtigen Blick werfen konnte, und wonach ich mich gar nicht mehr über die Suppe wunderte. Der Hunger ließ mich die Suppe trotzdem halb auslöffeln und auf den nächsten Gang hoffen. Doch wie es nun mal ist, wenn man Pech hat, hat man halt auch kein Glück.

Hauptgang war eine Art Eintopf, hauptsächlich bestehend aus Schwarten in roter Soße.

Das war trotz Hunger einfach zu viel für meinen Gaumen. Ich ließ es zurückbringen und bestellte stattdessen doch das Brathuhn, obwohl ich zuvor den über und über voll beladenen Hühnchentransport gesehen habe. Schlimmer konnte es ja nicht mehr kommen. Was dann daherkam, war zwar tatsächlich nicht schlimmer, aber auch nicht wirklich besser als vorher. Ich hatte noch nie zuvor so ein ekelerregendes, mickriges halbes Brathuhn gesehen. Ich quälte mir trotzdem 5-6 Bissen von diesem zähen, trockenen und Gott sei Dank ziemlich geschmacklosen Fleisch runter.

Ich spürte schon ein leichtes Bauchgrimmen, ließ den Rest der armen „Krähe" übrig und hoffte, keine Lebensmittelvergiftung davongetragen zu haben.

Abgesehen vom Essen fühlte ich mich inzwischen richtig krank und hatte bestimmt auch schon Fieber. Ich fühlte mich sehr unwohl bei dem Gedanken, alleine krank irgendwo im

Nirgendwo in einem fernen Land herumzuliegen, und mein Geist schmiedete schon wieder potenzielle Szenarien, was mir alles passieren könnte. Auf jeden Fall fasste ich auch einen sinnvollen Plan, nämlich, wenn sich bis zum nächsten Morgen mein Zustand nicht gebessert haben sollte, würde ich mir ein Taxi bis zur nächstgrößeren Stadt Belorado nehmen, dort den Arzt aufsuchen und so lange dort bleiben, bis ich wieder fit geworden wäre.

Aber ich dachte auch viel über meinen bisherigen Camino nach. Es kam mir vor, als würde irgendeine höhere Macht verhindern wollen, dass ich den Camino bis zum Schluss ginge, oder diese mir die vielen Prüfungen aufgab, um zu sehen, ob ich mich wohl als würdig erweisen könnte.

Jedenfalls wurde es bis jetzt für mich immer härter statt leichter. Ich fragte mich, wo all meine Camino-Bekanntschaften in diesem Moment waren. Ich bedauerte sehr, dass ich wahrscheinlich keinen von ihnen je wiedersehen würde. Der Gedanke daran tat allerdings nicht mehr so weh, wie es schon mal war. Ich hatte mich damit wohl schon abgefunden und mir ist heute während des Marschs bewusst geworden, dass ich nur eine einzige Sache wirklich vermisse, nämlich meine Familie. Ich musste nahezu immer an Ines und Leonard denken. Ich vermisste weder meine Heimat, mein Zuhause, die Arbeit, mein Auto oder mein Bett. Nur die beiden. Ich wünschte, sie könnten bei mir sein und ich könnte nicht nur per Telefon mitteilen, welche Dinge ich erlebt und gesehen habe.

Bevor ich schließlich in einen erholsamen Schlaf fiel, quälte mich noch kurz die Frage, was die Spanier zu Hause so essen; außer Weißbrot!

Tag 12, von Castildelgado nach Belorado

Nachdem ich wieder früh munter war, blieb ich noch den ganzen Vormittag im Bett liegen und döste weiter vor mich hin. Im Laufe des Vormittags zeigten wahrscheinlich die Medikamente ihre Wirkung und es stellte sich eine leichte Besserung ein, sodass ich meinen Plan mit dem Taxi verwarf und ich mich um ca. elf Uhr zu Fuß auf den knapp elf Kilometer langen Weg nach Belorado machte.

Obwohl am Morgen durch mein Fenster noch keine Wolke am Himmel zu sehen war, zog es nun sehr rasch zu. Es hat auch wieder zu stürmen begonnen. Wenn starke Sturmböen von der Seite kamen, musste ich mich richtig dagegenstemmen, doch wie schon gewohnt, kamen sie die meiste Zeit von vorne und ich kam nur langsam voran. Ich musste mich richtig ärgern über das Wetter. So habe ich mir den Camino beim besten Willen nicht vorgestellt. Doch auch die scheinbar endlos langen, geraden Schotterwege direkt neben der Hauptstraße nervten mich tierisch. Und damit nicht genug, begann es auf halbem Weg auch noch zu regnen. Minutenlang suchte ich im Rucksack verzweifelt nach meinem Regenponcho, den ich dann doch noch irgendwann ganz unten gefunden habe. Ich zog ihn über, ging verbittert weiter und ärgerte mich, bei meinem Packsystem so schlampig gewesen zu sein.

Wenigstens konnte ich den Poncho noch überziehen, bevor es richtig stark zu regnen begonnen hat.

Der Sturm peitschte den Regen fast waagrecht in mein Gesicht. Da der Poncho nur bis zu den Knien reichte, war die Hose unterhalb binnen Sekunden durchnässt. Auch meine Wanderschuhe konnten so einer Beanspruchung nicht standhalten und ließen nach ein paar Kilometern das Wasser durch.

Ich fragte mich, was es mit dem Klischee vom warmen, sonnigen Spanien auf sich hatte, und dachte mir: „Was ist denn hier los, hört es denn nie auf?!" Ich begann laut zu fluchen, da sowieso kein Mensch in meiner Nähe war. Trotzdem schaffte ich es, mich nach wenigen Minuten wieder zu beruhigen. „Da musst du jetzt durch", dachte ich, akzeptierte langsam den Status Quo, kam manchmal sogar darüber zum Schmunzeln und begann „singing in the rain" zu singen. Meine Situation erschien mir so unglaublich, dass ich sie schon wieder komisch fand. Als ich endlich Belorado erreichte, ließ der Regen auch wieder nach. Ich ging zum Geldautomaten und zur Touristeninfo, um mich nach freien Pensionen zu erkundigen, da ich, völlig durchnässt und immer noch halb krank, wieder keine Lust auf eine kalte Herberge hatte. Ich habe mich für die „Casa Waslala" entschieden, ein sehr authentisches, liebevoll renoviertes Gästehaus mit drei Fremdenzimmern.

Im zweiten Zimmer quartierte sich das nette ältere Ehepaar aus Deutschland, das mich bei meinem Irrweg kurz nach Azofra verfolgt hatte, ein. Das dritte Zimmer blieb leer.

Besitzer war ein sympathischer Holländer, der selbst auch den Camino gegangen ist, eine Spanierin geheiratet und sich in der Pension hier sein kleines Reich geschaffen hat. Ohne Werbung machen zu wollen, aber für mich war es eine der besten Adressen am gesamten Camino.

Ich nahm weiterhin regelmäßig meine Medikamente und trotz der Wetterbedingungen hielt der Trend zur Besserung an. Ich habe den Entschluss gefasst, die gut 52 Kilometer bis nach Burgos in zwei Tagesetappen zu bewältigen. Burgos ist eine der wichtigsten Städte am Jakobsweg und markiert das Ende des ersten Drittels des Camino Francés, dem spanischen Jakobsweg. Es kam mir vor, als träte ich auf der Stelle. Es fühlte sich an, als wäre ich schon eine Ewigkeit unterwegs, dabei hatte ich bei Weitem noch nicht das erste Drittel hinter mir! Was da noch alles auf mich zukommen möge?! Ich spielte mit dem Gedanken, wie es wäre, einfach abzubrechen, mit dem Bus oder Zug nach Santiago zu fahren, die Kathedrale, falls der Eintritt dort wenigstens frei wäre, zu besichtigen, und nach Hause zu fliegen. Es war aber nur einer von vielen Gedanken, die in mir hochkamen, wenn ich viel Zeit alleine verbrachte, und keine wirklich ernste Absicht. Denn jetzt, wo ich schon mal hier war, wollte ich es auch durchziehen und dem Camino und mir zeigen, dass ich ihn bezwingen kann.

Tag 13, von Belorado nach Agés

Ich fühlte mich schon wieder viel besser und war positiv überrascht, dass mein Gewand und die Schuhe am Heizkörper über Nacht ganz aufgetrocknet waren. Vor dem Start bekam ich das beste Frühstück, das ich auf meiner Reise durch Spanien bekommen habe. Ich betrat die Küche, in der noch ein richtig schöner, alter Tischherd stand. Meine Marmeladenbrote wurden gerade geschmiert und der Orangensaft gepresst. Außerdem gab es noch ein Vollkornbrot mit Aufstrich und Müsli mit Joghurt. Während des Frühstücks nahm sich der Gastgeber die Zeit, um sich mit mir ein wenig zu unterhalten, und gab mir ein paar Tipps für den weiteren Weg. Anschließend begleitete er mich noch die steile Treppe hinunter bis vor die Tür, wo ich mich für alles bedankte und wir uns herzlich verabschiedeten.

Es war eine sehr schöne Erfahrung für mich, als Fremder für eine Nacht so herzlich aufgenommen zu werden.

Wie die letzten Tage schon war es wieder kalt und windig und es sah so aus, als ob es jeden Moment zu Regen beginnen würde. Ich war wie fast immer alleine unterwegs, was auch so blieb, bis auf kurze Small Talks mit zwei oder drei bekannten Gesichtern. Seit Logroño hat es sich eingependelt, dass man maximal 20 bis 30 Pilger den ganzen Tag über sah. Davor waren es ja noch weit mehr als 100 Pilger.

Nach ca. zehn Kilometern pausierte ich in einer Bar in Villafranca-Montes de Oca, um mich bei Manzanilla, also einem Kamillentee, aufzuwärmen. Gleich nach Villafranca folgte ein steilster Schotterweg, der in einen Wald führte. Kurz danach war es dann endlich wieder mal so weit und der Himmel öffnete seine Schleusen. Es war richtig anstrengend, die Beine taten weh und mein angeschlagenes Knie begann wieder stärker zu schmerzen. Nach dem Anstieg ging es die meiste Zeit auf einer sehr breiten, teilweise matschigen Schotterstraße durch Wälder bergab bis ins 12 Kilometer entfernte San Juan de Ortega. Der meist schnurgerade und langweilige Weg zog sich endlos hin bei dem Regen und verschlechterte durch die Neigung meine Knieschmerzen weiter. Vermutlich durch den schon seit mehreren Tagen ungleichen, hinkenden Gang spürte ich auch immer öfter Schmerzen im linken Knie. Als ich endlich San Juan erreichte, suchte ich die nächste und einzige Bar dort auf, um meinen Durst zu stillen und zu überlegen, ob ich trotz des Wetters und meiner Knie weitergehen sollte. Hier gab es wieder nur eine kirchliche Herberge, die im Wanderführer sogar noch schlechter bewertet wurde als die vorigen. Außerdem war es noch relativ früh am Nachmittag und die vier Kilometer bis ins nächste Dorf Agés traute ich mir auch noch zu. Also habe ich mein Bier ausgetrunken, den Poncho wieder übergezogen und machte mich wieder auf den Weg.

Der Weg nach Agés war überwiegend eben und für meine Knie wieder etwas erträglicher zu begehen. Die insgesamt ca. 29 Kilometer waren aber wieder ziemlich viel für mich und es gab

Die Kirche im 18-Einwohner(!)-Dorf San Juan de Ortega

105

kaum eine Stelle von Fuß bis Gürtellinie, in der ich die heutigen Strapazen nicht spürte.

Die privat geführte Herberge in Agés war zwar etwas eng, aber recht heimelig und warm. Dort sprach mich wegen meines Dialektes ein freundlicher, gut gelaunter Pilger aus Osttirol an. Er war Mitte 30 und sein Name war Roland. Er startete in Pamplona und würde zwischendurch wohl auch den Bus nehmen müssen, da ihm durch seinen niedrigen Urlaubsstand nur ein kurzes Zeitfenster vergönnt war. Dann wurde er von zwei jungen irischen Frauen zu einem Glas Rotwein eingeladen, da sie sich in der Herberge eine Flasche davon gekauft hatten.

Auch der Kanadier, der mir kurz nach Roncesvalles mit seiner „Wundercreme" gegen meinen wunden Schritt weitergeholfen hatte, war da. Er hieß Ken, hatte zwei Kinder, war um die 40 und ein abgedrehter und cooler Typ. Er war genau das, wonach er mit seinem Cowboyhut aussah, nämlich ein Ranger, und er hatte auch mehrere Hundert Rinder in seinem Besitz.

Ich versorgte noch meine Sachen, machte mich frisch und ging ebenfalls hinunter in den kleinen Aufenthaltsraum. Eine der beiden Irinnen sprach mich gleich an und fragte mich, ob ich auch ein Glas mittrinken wollte, was ich gerne annahm. Die beiden hießen Ruth und Claire. Roland kannten sie schon von unterwegs. Sie unterhielten sich mit uns, als ob wir uns schon ewig kannten, und erzeugten eine lockere und lustige Atmosphäre, die mich zumindest kurzzeitig Sorgen und Schmerzen vergessen ließ. Die Damen bekamen von Roland und mir eine kleine Unterrichtseinheit Deutsch und umgekehrt konnten wir unsere Englischkenntnisse vertiefen.

Es war auch eine der wenigen Herbergen, in denen ein frisches, selbst gekochtes Abendmenü angeboten wurde, das ich wie die meisten Pilger, die hier die Nacht verbrachten, in Anspruch nahm.

Einige der Pilger kannten sich offensichtlich von unterwegs und hatten schon so was wie Freundschaft entwickelt. Nach dem Essen ging also eine ganze Gruppe von ca. zehn Leuten in eine kleine, urige Bar gleich neben der Herberge. Roland gehörte auch dazu und überredete mich, mit ihnen zu kommen. Da ich aber sicherheitshalber noch eine Tablette gegen meine Verkühlung genommen habe, ging ich nach einem Bier in der Bar wieder zurück und legte mich ins Bett. Das fiel mir nicht besonders schwer, da ich einen harten Tag hinter mir hatte und ich mich ein wenig wie das fünfte Rad am Wagen in einer mittlerweile so eingeschworenen Gruppe fühlte.

Tag 14, von Agés nach Burgos

Roland machte in der Früh einen etwas verschlafenen Eindruck. Er erzählte mir, dass die Hospitalera, also die Herbergsleiterin, auch noch in der Bar auftauchte und einen mitgetrunken hat. Sie soll ihnen im Gegensatz zur üblichen Nachtruhe um 22 Uhr erlaubt haben, länger auszubleiben, wenn sie sich ruhig verhalten würden beim „Nach Hause"-Kommen. Also sind die meisten der Gruppe erst nach Mitternacht zu Bett gegangen, was man eben in so manchem Gesicht erkennen konnte, und ich war froh, ausgeschlafen zu sein.

Beim Losgehen brachte ich Ken sein Smartphone in die Bar nebenan, in der er beim Frühstück saß.

Er war offensichtlich vor mir auf der Toilette in der Herberge und hat es dort nach dem „Facebooken" vergessen. Er bedankte sich und ich startete gleich in den Tag, nachdem ich beschlossen habe, mein Frühstück, bestehend aus Wasser, Apfel und einem Muffin, während des Gehens zu essen.

Das Wetter war sehr wechselhaft, aber wenigstens hat es nicht geregnet, als ich losgegangen bin.

Zuerst ging es die Straße entlang bis nach Atapuerca. Nahe dem Dorf befindet sich eine archäologische Ausgrabungsstätte, wo 800.000 Jahre alte menschliche Knochenreste gefunden wurden und weswegen sie zu den wichtigsten der Welt zählt.

Von dort an verlief der Weg abseits der Straße weiter und wurde zu einem steilen, steinigen und schlammigen Wanderpfad. Eine Mitpilgerin in meinem Alter aus England, die schon seit dem Start in Agés knapp hinter mir ging, holte mich dort ein und wir kamen in ein kurzes Gespräch, bis sie ihr schnelleres Tempo bergauf wieder aufnahm.

Sie war Lehrerin und wollte sich, so wie ich, beruflich auch verändern. Es war für mich unglaublich, festzustellen, dass fast jeder Mensch, mit dem ich mich hier unterhalten habe, große Veränderungen in seinem Leben bereits umgesetzt oder noch vor sich hatte. Das war für mich eine positive und hoffnungsvolle Resonanz, da ich aus einer menschlich eher unterkühlten Region komme, in der viele Leute wegen des eintönigen, meist nicht besonders gut dotierten Jobangebots frustriert sind und jegliche Hoffnung auf die Umsetzung ihrer beruflichen Träume als unerreichbar oder zu anstrengend einstufen und sie längst aufgegeben haben.

Ich war auch über die große Anzahl an Lehrern am Jakobsweg überrascht, da jeder zweite oder dritte Pilger, mit dem ich ins Gespräch kam, Lehrer gewesen zu sein schien. Obwohl, war ja klar. Ich war ja hier, um was fürs Leben zu lernen, da durften die Lehrer natürlich nicht fehlen!

Sie war heute in Burgos leider schon am Ende ihrer Reise und sollte am nächsten Tag schon auf dem Weg in die Heimat sein.

Nach zwei bis drei Kilometern bergauf erreichte man ein flaches Plateau, von dem aus man schon auf die Großstadt Burgos sehen konnte. Der Ausblick machte Hoffnung, denn es sah gar nicht mehr so weit entfernt aus. Der Blick in den Wanderführer dämpfte die Hoffnung allerdings wieder etwas, als ich herauslas, dass es noch über 20 Kilometer bis in die Altstadt sein sollten.

Von hier an wurde der Weg wieder eine Herausforderung für mein Knie, denn bis Burgos ging es fast nur mehr bergab. Die ersten Kilometer recht steil auf breiten Wanderwegen, danach etwas flacher wieder auf asphaltierten Straßen. Inzwischen hat es auch wieder leicht zu regnen begonnen.

Das Musterbeispiel für wechselhaftes Wetter!
Am blauen Himmel stand am Morgen noch der Mond.

Künstlerischer Erguss auf einer Hausmauer wenige Kilometer vor Burgos

Da mittlerweile wieder beide Knie stärker schmerzten und im Wanderführer eine um ca. drei Kilometer kürzere und bedeutend schönere Route beschrieben war, die mir auch vom netten holländischen Gastgeber in Belorado empfohlen wurde, wollte ich Burgos über diesen Weg erreichen. Ich zweigte also wie geplant links auf die Alternativroute ab. Nach hundert Metern endete das asphaltierte Stück und wurde zu einem erdigen Feldweg, der durch den Regen sehr aufgeweicht war, wo man teilweise mehrere Zentimeter tief im Matsch stand und es einem fast die Wanderschuhe auszog. Ich konnte den Weg mehrere Hundert Meter lang vor mir sehen. Da allerdings keine Besserung in Sicht war, wurde es mir nach 200 Metern zu blöd und ich kehrte wieder um auf die Originalroute. Auf dem Weg zurück traf ich auf Ken, der sich mit einer weiteren Kanadierin unterhielt und mir gefolgt war. Ich erzählte den beiden von den matschigen Erwartungen, sie kehrten mit mir um und wir gingen gemeinsam weiter. Nach zwei Kilometern erreichten wir Villafria, einen Vorort von Burgos. Er leitete auch das über zehn Kilometer lange Industriegebiet und die Neustadt von Burgos ein.

Von dort an wurde der Weg nicht nur optisch zu einer Qual. Das gefühlt ewig lange Gehen auf Asphalt hinterließ seine Spuren und von der Hüfte abwärts gab es keine Stelle mehr, die mir nicht wehtat. Ich musste mein Tempo drosseln und schleppte meinen Körper wieder alleine weiter. Ich spielte auch kurz mit dem Gedanken, den Bus zu nehmen, so wie es viele Pilger taten. Es war aber wieder eher nur so eine Fantasie, falls bei mir gar nichts mehr gehen sollte. Denn das Prinzip, den Jakobsweg zu gehen und nicht zu fahren, wurde mir immer wichtiger. Jeder Meter könnte ja in irgendeiner Form wichtig sein für mich. Abgesehen davon wollte ich, vorausgesetzt ich würde es bis nach Santiago schaffen, mit ruhigem Gewissen behaupten können, wirklich den gesamten Weg gegangen zu sein.

Irgendwann konnte ich meine Knie, wie immer vor allem das rechte, gar nicht mehr abwinkeln und humpelte nur noch wie eine Holzpuppe weiter bis in die Altstadt. Als ich dort nach den endlosen zehn Kilometern endlich eintraf, konnte ich es kaum glauben, geschafft zu haben. Das erste Drittel des Weges lag hinter mir, jeder Meter in meinen Beinen! Ich war stolz darauf und wollte mich mit einem Hotelzimmer für diese Leistung belohnen.

Ich hatte Glück und fand direkt in der schönen Altstadt ein gepflegtes Hotel mit einem Einzelzimmerpreis von 43 Euro. Ich wunderte mich über den niedrigen Preis und habe an der Rezeption das Zimmer gleich für zwei Nächte gebucht. Ich dachte, dass ich mir einen Tag Auszeit verdient hätte, um die schöne Altstadt von Burgos zu erkunden und dem Körper nach dieser Tortur etwas Ruhe zu gönnen; und, dass es das einzig Richtige für meine Knie wäre, bevor mir noch ein Bein abfallen würde! Als ich das Zimmer bezog, begann ich an der Preisauskunft der Rezeptionistin zu zweifeln, denn das Zimmer war riesig und die endlos hohen Räume, die sehr geschmackvoll und größtenteils antik eingerichtet waren, rundeten die Optik ab. Das modern eingerichtete Bad war ebenfalls riesig und eine Badewanne durfte auch nicht fehlen. All das in dieser Lage in der Altstadt. Ich vermutete, dass die nette Dame 143 Euro gemeint hat, und ging gleich wieder runter, um mich nochmals zu vergewissern. Doch es war tatsächlich nicht teurer als ein besseres Hostal hier.

Ich genoss ein ausgiebiges Schaumbad und brachte anschließend meine gesamte Dreckwäsche in eine Wäscherei, die mir von der Rezeption empfohlen und auf einem Stadtplan markiert wurde.

Als ich am Abend auf dem Platz vor der sehr imposanten Kathedrale flanierte, traf ich plötzlich auf meine zwei bayrischen Mitpilgerinnen Heidi und Marion. Wir haben uns sehr gefreut, dass wir uns noch mal über den Weg gelaufen sind, da niemand von uns mehr damit gerechnet hatte.

Es hat zwar am Nachmittag aufgehört zu regnen, aber der kalte Wind machte es nicht viel angenehmer, weshalb wir beschlossen, gemeinsam eine nette Bar aufzusuchen und etwas trinken zu gehen.

Sie hatten zufälligerweise auch im gleichen Hotel eingecheckt. Ihr Rückflug ging allerdings schon am nächsten Tag nach München. Wir waren in Feierlaune und ließen die letzten zwei Wochen Revue passieren. Die Zeit verging wie im Flug und die beiden wollten endlich schlafen gehen, als die Bar schloss. Heidi ließ sich doch noch dazu breitschlagen, die angebrochene Nacht auszunutzen und mit mir die nächste Bar aufzusuchen. Die Bar war bis auf den letzten Stehplatz voll, die Stimmung kochte förmlich über. Zu jedem Getränk gab es als Tapas eine kleine Pizzaecke und bei unserer Schluckzahl hatten wir Probleme, mit dem Essen mitzukommen. Wir hatten viel Spaß und unterhielten uns, als ob wir uns schon ewig kannten und die engsten Freunde wären.

Als auch diese Bar Sperrstunde hatte und wir als letzte Gäste „gegangen wurden", hat es dann auch wirklich gereicht und wir schlenderten in unser Hotel, wünschten uns „Alles Gute" und verabschiedeten uns herzlich.

Tag 15, Ruhetag

Ich schlief mich richtig aus und stand gut gelaunt bei dem Gedanken an den gemütlichen Abend erst kurz vor Mittag auf. Gleich darauf ging ich zur Wäscherei, um meine Sachen wieder abzuholen, und anschließend etwas essen. Irgendwann auf dem Weg hat mich der Kater doch noch eingeholt und meine Stimmung schlug um. Ich musste an Heidi und Marion denken und mir wurde erst richtig bewusst, dass ich sie nie mehr wiedersehen würde, was mich sehr traurig stimmte. Ich bedauerte es auch, dass ich meine anderen Freunde und Bekanntschaften, wie Holger oder Christopher, nicht mehr getroffen habe. Sie haben mich für mehrere Tage begleitet und in der schweren Anfangsphase gestützt und ich konnte mich bei ihnen nicht mal bedanken oder mich wenigstens verabschieden. Am meisten jedoch dachte ich wieder einmal an Ines und Leonard. Ich bekam großes Heimweh. Ich fühlte mich alleine gelassen in einer unwirklichen Welt, wie in einem Albtraum. Da ich mich für einen Ruhetag entschieden und das Zimmer diese Nacht auch noch gebucht hatte, fühlte ich mich wie gestrandet und konnte meinem Ziel nicht näher kommen. Ich glaube, in dem Moment hatte ich das erste Mal massive Zweifel, es schaffen zu können, wenn sich nicht endlich etwas ändern würde. Denn meine Knieschmerzen wurden trotz Ruhetag eher noch etwas schlimmer, sodass ich mit den Stufen in den ersten Stock des Restaurants, in das ich essen ging, schon große Probleme hatte, und auch der Hals war immer wieder verschleimt. Wie man sich vorstellen kann, folgten natürlich auch die alles entscheidenden Fragen, wie: „Was mache ich überhaupt hier? Hat das alles einen Sinn?" oder „Wie soll es jetzt nur weitergehen?" Ich fiel immer tiefer in eine depressive Spirale, die mich manchmal den Tränen nahebrachte. Ich war verärgert und enttäuscht über so einen Stimmungswandel. Gestern ging es mir zumindest psychisch so gut und nun fiel ich in so ein tiefes Loch. Ich wollte nur noch nach Hause!

Ich überlegte mir, am nächsten Tag eine Tagesetappe mit dem Bus zu fahren, sollten sich die Knieschmerzen bis dahin nicht gebessert haben.

Als nach dem Essen ausnahmsweise für ein paar Minuten die Sonne rauskam, quälte ich mich wieder die Stufen des Restaurants hinunter, um die wenigen Sonnenstrahlen auszukosten und etwas am Platz um die Kathedrale zu humpeln. Nach wenigen Minuten kam ich an einer Bar vorbei, vor der Ken, Roland, Claire, Ruth und vier, fünf weitere Pilger saßen, die ich noch aus Agés kannte. Roland sah mich schon von Weitem und rief mich zu ihnen. Ich freute mich im ersten Moment darüber, sie wiederzusehen, doch auch diese heitere, feuchtfröhliche Runde konnte mich nicht aufheitern, eher im Gegenteil. Einige von ihnen bekämpften ihren Kater mit Bier, nachdem sich die Runde schon gestern vor der Kathedrale verabredet und gemeinsam in einer Tapas-Bar gefeiert hatte.

Es wurde viel gescherzt und die Gespräche waren dementsprechend oberflächlich. Mir war eben nur überhaupt nicht nach Spaß zumute. Eigentlich wollte ich mich gar nicht unterhalten und einfach nur meine Ruhe haben. Als ich wieder zurück in mein Hotel wollte, gab mir Roland eine Karte von der Tapas-Bar, in der sich die Runde auch heute wieder um 18 Uhr treffen wollte, und meinte, ich sollte mit ihnen hingehen. Ich antwortete zwar mit einem Vielleicht, mir war aber schon in dem Moment klar, dass ich die Einladung nicht annehmen würde. Denn abgesehen davon, dass ich meine Ruhe haben wollte, konnte ich mir nicht noch eine Nacht um die Ohren schlagen, wenn ich wirklich noch weiterkommen wollte, was noch immer der Fall war. Außerdem war ich zwar weder einer, der hier nur in der Ruhe nach tiefgründigen Antworten suchte, noch ein Kind von Traurigkeit, aber dieses ausgeprägte „Partypilgertum" fand ich nicht besonders passend am Camino und erschien mir eher als eine Entwürdigung zum „Highway zur Glückseligkeit".

Es begann wieder mal zu regnen und ich zog es vor, den Luxus einer Badewanne nochmals zu genießen. Anschließend zappte ich noch durch das im Gegensatz zum österreichischen bzw. deutschen noch geschmacklosere spanische Fernsehprogramm. Mir fiel die Decke auf den Kopf, ich musste raus aus meinem Zimmer. So verbrachte ich den Abend alleine humpelnd durch die regnerische Altstadt und in einer kleinen Taverne bei einer Platte mit iberischem und Serrano-Schinken sowie verschiedenen einheimischen Schafskäsesorten.

Probleme, die imposante Kathedrale auf ein Foto zu bekommen!

Die gepflegte und authentische Altstadt von Burgos

Tag 16, von Burgos nach Hornillos del Camino

Ich genoss es, wieder ohne Wecker erst aufzustehen, als ich am späten Morgen gut ausgeschlafen war. Endlich konnte es weitergehen. Mein Körper fühlte sich zwar starr wie ein Brett an und allem voran die noch immer sehr schmerzenden Knie, aber noch konnte ich mich bewegen. Also wollte ich auch versuchen weiterzugehen und verdrängte die Idee mit dem Bus für die Tagesetappe.

Mein Zimmer hatte ich schon bezahlt, also gab ich an der Rezeption nur die Schlüssel zurück, verabschiedete mich und ging zur Tür hinaus. Als ich schon im Freien war, rief mir plötzlich die Rezeptionistin hinterher, sodass ich sie gerade noch hören konnte. Ich war mir nicht sicher, ob sie überhaupt mich gemeint hat. Ich ging wieder zurück, um zu fragen, ob es ein Problem gäbe. Sie entschuldigte sich bei mir, da sie vergessen hatte, mir eine Nachricht zu übermitteln, die bei ihr hinterlegt wurde, und gab mir eine Visitenkarte des Hotels. Auf der Rückseite wünschten mir Heidi und Marion noch viel Glück und alles Gute für den Camino und meinen weiteren Lebensweg. Dankend nahm ich die Karte an und marschierte los. Kurzzeitig war ich von der für mich ermutigenden Nachricht so gerührt, dass mir ein, zwei Tränen über die Wangen glitten. Die Gewissheit, so sympathische Menschen nie mehr wiederzusehen, schmerzte. Ich vermisste auch wieder die vielen anderen Mitpilger, mit denen ich schon so nette Kontakte geknüpft hatte.

Es wurde immer klarer, dass der Camino tatsächlich viele Parallelen mit dem „realen Leben" aufwies.

So geht es auf beiden Wegen immer wieder auf und ab und manchmal ist eben die Zeit, Altes hinter sich zu lassen, um für Neues bereit zu sein. Und ich bin der Meinung, wenn man dem mutig genug begegnet und sich nicht hängen lässt, gibt einem der Weg genau das zurück, was man für seine persönliche Entwicklung braucht.

So redete ich mir mehrere Kilometer ein, dass ich nicht traurig zu sein brauchte, weil ich wieder ganz alleine war. Ich sollte vielmehr dafür dankbar sein, dass ich so offene und sympathische Menschen kennenlernen durfte, sie mich für ein Stück des Caminos begleitet und ihn dadurch für mich erträglicher und interessanter gemacht haben. Ich werde sie alle nie vergessen, doch ich war weiter auf dem Weg und wollte neugierig weiter nach vorne schauen.

Wörtlich genommen, war an dem Punkt der hintere Stadtrand von Burgos, an dem zum Glück noch eine Apotheke war, die ich sofort stürmte, um meinen Voltaren-Nachschub zu sichern, und wo ich mir noch einen etwas engeren Stützstrumpf kaufte.

Nach dem langen Ortsausgang von Burgos folgten endlich wieder abgelegenere Schotterwege.

Bis auf meine Pause in einer Bar in Tardajos, wo ich das ältere englische Pilgerehepaar getroffen habe, das mir in der letzten Woche immer wieder über den Weg lief, wobei wir ein paar Worte wechselten, und ein kurzes Gespräch mit Ursula war ich wieder den ganzen Tag alleine unterwegs. Ursula war eine Pilgerin aus San Francisco. Sie nahm sich eine Auszeit von ihrem Job, bereiste Europa und ging den Camino.

Das Wetter hatte wieder alle Facetten zu bieten: Regen – Sonnenschein, Wind – Windstille, Kälte – Wärme. Doch kurz vor Hornillos del Camino türmten sich die Wolken endgültig schwer und dunkel auf und es kam etwas Neues dazu, nämlich Hagel. Ich rettete mich in die nächste Bar, wo ich während meiner Pause nach gut 21 Kilometern beschlossen habe, die Nacht im Dorf zu verbringen und die nächste, rund drei Minuten entfernte Herberge aufsuchte. Am Abend saßen wie ich die meisten anderen Pilger im steinernen Aufenthaltsraum der Herberge, der von einem offenen Kamin beheizt wurde. Wir bedienten uns am Getränkeautomaten und unterhielten uns ein wenig über die verschiedensten Themen, soweit ich mit meinem Englisch mithalten konnte. An meinem Tisch saßen nämlich der Pilger aus Kalifornien, den ich noch vom „Truckstopp" in Castildelgado

Das 69EW-Dorf Hornillos del Camino vor den wie eben abgefrästen Hügeln. Von links hinten zieht der Hagel auf. Also los!

kannte, das ältere englische Pilgerpaar und eine Mutter, die mit ihrer Tochter auf Pilgerschaft war, die aus England stammten und in Australien lebten.

Mein körperlicher Zustand blieb indes unverändert, doch mental konnte ich mich langsam von meinem Tief erholen.

Tag 17, von Hornillos del Camino nach Itero de la Vega

Ich wachte um ca. halb sieben auf. Draußen war es noch dunkel. Eine Gruppe spanischer Pilger, die am Abend noch unser Zimmer komplettierten, machten sich hektisch wie die Ameisen fertig, weshalb ich noch liegen blieb, bis das aufgewühlte Treiben abgeklungen und wieder genug Platz in dem etwas beengenden Raum war. Nachdem auch ich endlich meine Siebensachen

wieder ordentlich verstaut hatte, machte ich mir in der Gemein-
schaftsküche eine große Tasse Kamillentee und verzehrte mein
Frühstück, bestehend aus einem Apfel und einem Kit Kat, bevor ich als Letzter von ca. 30 Pilgern startete. Die Sonne war
inzwischen aufgegangen und offenbarte einen zwar eiskalten,
aber wunderschönen Morgen. Es war windstill und am Himmel
war keine Wolke zu sehen. Die Knieschmerzen waren wie fast
schon gewohnt unverändert stark und bekamen nicht mehr ganz
so viel Aufmerksamkeit von mir. Was heute Morgen allerdings
neu war, waren stechende Schmerzen in den rechten äußeren
Zehen. Nach wenigen Metern wurde es fast unerträglich, sodass
ich kurz stehen bleiben musste. Zuerst nach 100 Metern, dann
nach 200 Metern. Es fühlte sich an, als ob der rechte Wander-
schuh über Nacht geschrumpft oder der Fuß gewachsen wäre.
Ich war verzweifelt, das konnte doch wirklich nicht möglich
sein!? Wieso hatte der Camino immer wieder neue Hürden für
mich parat, als ob es nicht reichen würde, die 800 Kilometer
„normal" durchzugehen? Ich rauchte eine Zigarette und überlegte, ob ich vorerst mit meinen Crocs, die ich zum Duschen
in den Herbergen mitgenommen habe, weitergehen sollte. Ich
machte es dann doch nicht, da noch Temperaturen um den Gefrierpunkt herrschten und ich schlicht und einfach zu faul war,
die Badeschuhe von ganz unten im Rucksack hervorzukramen.
Also bin ich langsam und vorsichtig weitergegangen und habe
mit einem meiner festen Vorsätze gebrochen, indem ich mir
die Stöpsel meines MP3-Players in die Ohren stopfte und lautstark Musik hörte. Ich wollte immer die Natur in vollen Zügen
mitbekommen, also auch hören. In diesem Moment war es mir
aber unwichtig und ich wollte einfach nur unterhalten werden.
Meine Gedanken kreisten immer stärker um das Telefonat, das
ich gestern Abend mit Ines führte. Ich fand, sie machte einen
etwas gedämpften Eindruck, so als ob etwas nicht stimmen
würde. Ich machte mir ein wenig Sorgen, ob es ihr wirklich
gut geht. Möglicherweise war es tatsächlich ein Fehler, meine
Familie in so einer wichtigen Phase für so lange Zeit alleine zu

lassen. Vielleicht würde Ines langsam merken, dass ihre Liebe nicht mehr groß genug war? Ich machte mir Vorwürfe und wollte einfach nur so schnell wie möglich weiterkommen.

Langsam wurde es wärmer und der Weg weit fernab jeglicher Straßen immer schöner. Ich wünschte, meine Familie könnte bei mir sein und diesen atemberaubenden Morgen mit mir erleben.

Mit jedem Schritt wurden die stechenden Schmerzen in den Zehen weniger. Ich kam immer besser zurecht, auch meine ausgeleierten Knie spürte ich immer weniger. Hin und wieder kam ich in eine sentimentale Phase und ich machte mir immer wieder Sorgen über Ines' Liebe. Ich wollte sie bei unserem nächsten Telefonat unbedingt fragen, ob es für sie wirklich okay war, dass ich so lange meinen eigenen Weg bestreiten wollte. Ich musste viel an den seelischen Schmerz denken, den ich letztes Jahr durchlebte, und daran, was ich alles falsch gemacht und Ines angetan habe. Durch meine Playlist, bestehend aus Coldplay, U2, STS, Rosenstolz und Bob Marleys „is this love", was auch unser Hochzeitslied bei unserer Heirat auf Jamaica war, wurden die Gefühle noch verstärkt und ich musste zwischendurch immer wieder weinen. Es war aber nicht bloß Trauer, die mir die Tränen in die Augen trieb, sondern ein großer Pool an Gefühlen. Ich weinte so vor mich hin aus Trauer und Reue, aber vielmehr auch aus Rührung, Hoffnung und Glück. Ich war überwältigt von diesem Morgen in solch schöner Gegend und meinen starken Gefühlen, die mich unheimlich motiviert haben, und ich konnte und wollte immer schneller gehen.

Es war, als hätte ich eine Droge genommen, die alle Gefühle weckte und meine körperlichen Schmerzen lahmlegte. Nachdem ich tagelang so ziemlich der langsamste Pilger am gesamten Camino gewesen sein musste, holte ich heute bald die ersten Pilger vor mir ein – einen nach dem anderen.

Das Gehen fiel mir so leicht und war so wenig beschwerlich, dass ich gar nicht verstand, was plötzlich mit mir los war! Mein Vertrauen wuchs ungemein. Meine Theorie, dass jeder

Pilger den Weg bekommt, den er braucht oder der am besten zu seiner Entwicklung passt, wurde mir ganz klar und ließ keine Zweifel mehr offen. Trotz meiner körperlichen Probleme fühlte ich, weiter am richtigen Weg zu sein, und vertraute auf mein Schicksal. Der Camino würde mir zweifelsfrei zeigen, wann ich mein Ziel hier erreicht habe und mein „Projekt" abschließen kann, egal, ob es nun in Santiago oder sonst irgendwo sein sollte. Und da der Camino ja sehr verwandt mit der Charakteristik des Lebens ist, müssten auf unserer längsten Pilgerschaft, nämlich der Wallfahrt des Lebens, auch dieselben Gesetze gelten, was mich mutig in die Zukunft blicken ließ.

So schaffte ich es, diesen Morgen völlig angstfrei zu wandern. Ich hatte keine Bedenken mehr wegen meiner Knie, der manchmal noch lästigen Verkühlung oder meiner Zehen, die mich heute auf den ersten paar Metern so plagten. Ich kostete es einfach aus, so viel Mut und Liebe zu fühlen, die mich im Moment so wahnsinnig stark machten. Meine Zweifel und Ängste fühlten sich

Aussicht auf das 65-EW-Dorf Hontanas

nur mehr lächerlich an, die Spannweite meiner Arme reichte, um die Welt zu umarmen.

Als ich nach gerade mal gut zwei Stunden das ca. 10,5 Kilometer entfernte Hontanas erreichte , hatte ich schon über ein Dutzend Pilger überholt.

Die meisten Pilger hielten bei einem der beiden Cafés im Dorf, um zu frühstücken.

Ich ging weiter bis zum Ortsende, wo ich alleine war. Nicht ohne Grund: ich konnte es nicht mehr erwarten, schaltete mein Handy ein und wollte mit Ines telefonieren. Leider hob sie nicht ab, also trank ich einen großen Schluck Wasser, rauchte eine Zigarette, genoss für den Moment die Ruhe und machte mich weiter auf den Weg mit Musikbegleitung.

Ich ließ das Handy eingeschaltet und steckte es in meine Softshelljacke, um erreichbar zu sein, falls sie zurückrufen wollte. Nach zehn oder 15 Minuten dachte ich mir, dass ich das Vibrieren des Handys während des Gehens bestimmt nicht spüren würde, wollte den MP3-Player abschalten und holte mein Handy aus der Jackentasche, um zu sehen, ob ich schon einen Anruf versäumt hatte. Mein Telefon vibrierte – Ines rief mich genau in dem Moment zurück, als ich nach dem Handy griff und nachsehen wollte. Es tat gut, ihre Stimme zu hören. Mir fiel ein ganzer Felsbrocken vom Herzen, als sie mir sagte, dass sie mich liebt und sich sehr auf meine Rückkehr freut. Egal, ob es am nächsten Tag sein sollte oder erst nach der Zeit, die ich eben für meinen Weg bräuchte. Ich begann wieder zu weinen, entschuldigte mich nochmals innig für das gesamte vergangene Ehejahr, das mir rückblickend ungefähr so vorkam wie in Stephen Kings „Shining", und dankte ihr von Herzen, dass ich es mit ihrer Unterstützung realisieren konnte, tatsächlich hier in Spanien zu sein und das alles erleben zu dürfen. Wir mussten gemeinsam weinen. Sie verstand, dass mir diese Reise mit jedem Schritt wichtiger wurde und ich immer stärker hoffte, dass sie mir in irgendeiner Form hilfreich für mein und unser gemeinsames Leben sein konnte. Diese Chance wollte ich mir auf keinem Fall entgehen lassen und mein Wille, ans Ziel zu kommen, war so stark wie noch nie zuvor.

Mit Ines zu sprechen, gemeinsam zu weinen und die Liebe zu spüren, war wie ein Ventil, wodurch sich mein extrem hochgepeitschtes Gefühlsmeer beruhigte und mich entspannt und schmunzelnd weitermarschieren ließ.

Es ging weiter auf einem sehr angenehm zu begehenden Feldweg parallel zu einer über 100 Meter entfernten, kaum befahrenen Straße. Ich sah hinüber zur Straße und konnte dort die drei koreanischen Pilger erkennen, denen ich schon öfters begegnet bin. Einen von ihnen kannte ich noch von der Etappe von Roncesvalles nach Larrasoaña. Es war unglaublich, aber er war immer noch mit seinen beiden Rucksäcken unterwegs und konnte nach wie vor aufrecht gehen.

Nach ca. drei Kilometern führte der Feldweg zur Straße, die mit weiteren sechs oder sieben Kilometern nach Castrojeriz führte.

Straße nach Castrojeriz, die scheinbar mitten durch eine Ruine führt

Vor allem die letzten Kilometer auf Asphalt ließen die Beine dann doch wieder müde werden, und als ich zu Mittag nach knapp 20 Kilometern Castrojeriz erreichte, freute ich mich auf eine ausgedehnte Siesta. Nach mehreren Getränken in einer kleinen, urigen Bar, in der überall Geldscheine in den verschiedensten Währungen der Welt die Wände zierten, durfte ich auch eines der wenigen wirklich ausgezeichneten Pilgermenüs genießen. Das war mir ein angemessenes Trinkgeld wert, was den überraschten Kellner dazu bewog, die große Glocke im Lokal zu läuten und mir einen lokalen Likör ausgeben zu wollen, was ich freundlich ablehnte, da mein Entschluss, weiterzugehen, feststand. Stattdessen gab er mir einen anderen, alkoholfreien „Likör", was ich, freundlich wie ich bin, annahm. Er schmeckte undefinierbar und nicht unbedingt alkoholfrei und die schmunzelnden Gesichter der einheimischen Herren während des Zuprostens an der Theke bestätigten meine Zweifel. Ich dachte mir: „Was soll's, es wird mich schon nicht umbringen", machte den kleinen Scherz mit und machte mich auf den ca. elf Kilometer langen Weg nach Itero de la Vega, was der Kellner sichtlich bedauerte.

Gestärkt und zufrieden verließ ich Castrojeriz. Nach dem Ortsende führte der Weg über eine schmale Schotterstraße, die eine fantastische Aussicht auf die umliegenden Hügel bot. Sie sahen aus wie abgefräste Berge, alle gleich hoch mit einem ebenen Plateau, auf dem man in der Ferne viele Dutzend Windräder erkennen konnte. Der Weg führte weiter auf einen dieser steilen Hügel, bei dem es in wenigen Hundert Metern an die 200 Höhenmeter zu absolvieren galt. Dementsprechend anstrengend gestaltete sich der Aufstieg, war aber für meine Knie allemal besser, als bergab zu gehen.

Seit meiner Mittagspause war ich komplett alleine unterwegs und froh, dass mir hin und wieder ein Wegweiser bestätigte, am richtigen Weg zu sein. Scheinbar haben sich alle übrigen Pilger dazu entschlossen, in Castrojeriz zu bleiben.

Wenige Hundert Meter vor Castrojeriz (links) mit seiner Burgruine
(am Hügel) und der Santa Maria del Manzano (rechts)

Nach wenigen Metern auf dem Plateau konnte ich schon wieder
die hintere Kante erkennen, an der ein extrem steiler, betonierter
Weg von dem Hügel runterführte. Je näher ich der Kante kam,
umso mehr konnte ich von der iberischen Meseta, dem „Tal",
das vor mir lag, erkennen. Es war ein unglaublich erhebender
Moment! Die Stille wurde nur manchmal vom Pfeifen des
Windes unterbrochen. Man konnte unendlich weit sehen und
auch wie der Weg, eingebettet in satten Grüntönen, die nächsten
Kilometer weiter verlief. Und nichts anderes! Keine Häuser,
keine Straßen, keine schroffen Konturen und über die gesamte
Distanz vor mir nicht einen Menschen.

Ich genoss diese ungewöhnliche Aussicht auf den nahezu un-
berührten Flecken Erde vor mir und machte mich anschließend
an den weniger angenehmen Teil, nämlich den Abstieg, der wie
befürchtet zur Qual für meine Knie wurde. Doch nach wenigen
Hundert Metern endete das betonierte Stück und die Neigung
erreichte wieder ein erträgliches Maß. Den Abstieg habe ich also

gut weggesteckt und ich ging locker, fast schon beschwingt zur Musik, die ich wieder aktiviert hatte, den malerischen Weg entlang. Es war ein tolles Gefühl zu wissen, dass ich kilometerweit der einzige Mensch hier war. Es fühlte sich ein bisschen so an, als hätte ich eines der letzten Paradiese auf Erden entdeckt, und das ganz alleine und nur für mich. Die zarten und durchweg grünen Konturen faszinierten und rührten mich. Es fühlte sich an, als ob dieser Ort mich mochte, so wie ich ihn mochte, und er mich als Gast zu sich eingeladen hatte. In mir wuchs ein starkes Gefühl von Frieden und Freiheit, wie ich es kaum jemals zuvor erlebt habe.

Entlang dem Jakobsweg habe ich immer wieder Wegweiser gesehen, an denen Pilger Steine abgelegt hatten, oder kleine Steinmännchen, die sie am Wegesrand gebaut hatten. Ich erinnerte mich, dass Holger der Meinung war, dass das die Pilger machten, die das Gefühl hatten, eine Bürde losgeworden zu sein, ähnlich wie am Cruz de Ferro. Nach so einem ereignisreichen

Am Fuße des steilen Hügels, rückblickend nach Castrojeriz

„Unendliche Weiten" der iberischen Meseta

Tag, der mir so viel Mut und Zuversicht gab, fühlte ich mich auch endlich so weit, symbolisch einen Stein ablegen zu wollen.

Kurz darauf fand ich einen Stein, der mir gut gefiel und einem Herzen ähnelte. Ich nahm ihn für ein Stück des Weges mit mir, bis der nächste Wegweiser kommen sollte. Kurz danach lag am Wegesrand ein großer Stein, auf dem ein gelber Pfeil und ein kleines Herz aufgemalt waren. Mein Stein passte gut in das aufgemalte Herz, also legte ich ihn genau dort ab. Es schien wie eine Einladung für mich gewesen zu sein, was mein Vertrauen bestätigte und ernste Zweifel an sogenannten Zufällen aufkommen ließ.

Als mich kurz vor meinem Tagesziel doch noch ein Regenguss einholte und ich nach ca. 31 Tageskilometern das Dorf Itero de la Vega erreichte, spürte ich, dass mein Körper kurz vor seinem Limit war. Die Knie sowie die Fußsohlen schmerzten und am linken Fußballen hatte ich eine große Blase bekommen, die ich unterwegs noch kaum bemerkt hatte.

Die sanitären Anlagen der Herberge waren zwar aus technischer und hygienischer Sicht bestenfalls noch für Tiere zu gebrauchen, aber wenigstens hatte ich genug Platz für meine Sachen, nachdem ich mir ein Zehn-Personen-Zimmer mit nur zwei jungen Amerikanerinnen teilte.

Tag 18, von Itero de la Vega nach Villarmentero de Campos

Die Herberge war wie der Morgen sehr kalt. Dementsprechend starr wirkte auch mein ganzer Körper und ich kam kaum in die Gänge. Nach den ersten paar Hundert Metern raus aus dem Dorf wurde der Wind auch wieder stärker und mir wurde noch kälter. Der Weg nach Frómista führte über einen sehr grobschottrigen und eintönigen Weg, der eine Tortur für Füße und Knie darstellte und die Gedanken mangels optischer Anreize um meine körperlichen Qualen kreisen ließ. Ich kam wieder nur langsam, „step by step" voran und dachte, dass es in Sibirien unmöglich unangenehmer sein könnte. Ich fluchte über den Weg, musste immer öfter an „den einen Abend" denken, fragte mich immer wieder nach dem Warum und geriet wieder in eine Selbstmitleidsspirale. Ich ärgerte mich maßlos über den Weg, meine Gedanken und die Kälte. Schließlich fragte ich mich wieder, ob es überhaupt einen Sinn machte, hier zu sein, und ob es die richtige Entscheidung für mich war. Könnte mir der Camino überhaupt helfen oder würde er mir eher schaden?

Als die Stimmung nach gut 14 Kilometern endgültig am Tiefpunkt angelangt war, erreichte ich endlich die lieblos wirkende Kleinstadt Frómista. Es war schon Mittag, als ich dort in eine Bar einkehrte, um mich bei Tee aufzuwärmen und etwas zu essen. Unterkühlt und körperlich ziemlich kaputt, fragte ich mich, wie weit ich heute noch gehen sollte oder konnte. Kurz darauf betrat ein älteres deutsches Ehepaar die Bar, um zu pausieren.

Ich kannte die beiden vom Vorabend, da sie beim Pilgermenü in einem Gasthaus in Itero am Tisch gegenüber saßen und mit einer Japanerin eine für mich etwas befremdliche, wenig geistreiche Konversation hielten. Sie erkannten mich auch wieder und sprachen mich an. Sie erzählten mir, dass sie sich ein Taxi bestellt hätten, um nach Carrión de los Condes weiterzufahren, was ca. 20 Kilometer weiter liegt. Natürlich nur aus Zeitmangel. Klar, hätte ich auch nicht anders vermutet, nachdem ich die Terminprobleme mehrerer Pensionisten bereits kannte.

Kurz darauf war ihr Taxi da und die beiden verließen die Bar. Wenige Sekunden später kam der Mann noch mal zu mir in die Bar und entschuldigte sich für seine Unhöflichkeit, mich nicht gefragt zu haben, ob ich mitfahren wolle, was er mir somit anbot. Ich dankte ihm, lehnte das zugegebenermaßen verlockende Angebot ab und blieb meinen Prinzipien treu. Dank meines Wanderführers wusste ich, dass es zum nächsten Dorf nur knapp über drei Kilometer waren, für die ich kurz darauf auch wieder aufbrach. Der eiskalte Wind hatte inzwischen etwas nachgelassen und die Musik meines MP3-Players konnte mich wieder etwas ablenken und motivieren, sodass ich im nächsten Dorf beschlossen habe, zumindest die nächsten sechs Kilometer nach Villarmentero de Campos auch noch hinter mich zu bringen. Als ich auch den faden, schnurgeraden und grobschottrigen Weg hinter mich gebracht hatte, war ich sehr erleichtert und stolz auf mich.

Dort wunderte ich mich, in einem 15-Einwohner-Dorf (!) eine Pension vorgefunden zu haben, und ich wollte mich für meine erbrachte Leistung mit einem Einzelzimmer für die Nacht belohnen. Leider öffnete nach mehrmaligem Klopfen und Läuten noch immer niemand die versperrte Türe und ich ging zurück zum Ortsanfang, wo ich beim Vorbeigehen die Herberge gesehen hatte.

Zur Herberge gehörte eine riesige Wiese, auf der zwischen den Bäumen Hängematten gespannt waren, und eine kleine Bar, in der die Herbergsleiter, ein Pole mit seiner spanischen

Freundin, lautstark Reggae-Musik spielten. Der Pole zeigte mir den Schlafsaal und betonte gleich, dass das gesamte Gebäude über keine Heizung verfüge und dementsprechend kalt sei. Ich dachte mir: „Was soll's, weitergehen kommt heute nicht infrage und mittlerweile bin ich es ja schon fast gewohnt", und hatte als einziger Pilger dort die freie Platzwahl. Kurz darauf kamen noch zwei junge deutsche Mädchen, womit ich doch noch zwei Zimmerkameradinnen bekam.

Nach der täglichen Nachbereitungszeremonie ging ich wieder nach vorne in die Bar, um meinen Elektrolytspeicher in flüssiger Form wieder aufzufüllen.

Die Bar war einfach klasse! An einer Wand hing eine riesige Flagge von Bob Marley, ansonsten waren alle freien Stellen der Wände mit verschiedensten Sprüchen oder Botschaften der Pilger, die hier genächtigt hatten, beschrieben. Einer der tollen Weisheiten, die mir besonders gut gefallen haben, lautete: „There are just two things on the world – fear and love!"

Vor der Bar grenzte eine rustikal eingerichtete, halb offene Laube an, in der das Rauchen etwas angenehmer war, als dabei ganz im Freien bei kaltem Wind stehen zu müssen.

Die Reggae-Musik verbreitete eine lockere Urlaubsatmosphäre und ich kam mit den beiden Hospitaleros ins Gespräch. Sie lernten sich in Irland kennen, wo beide für mehrere Jahre gelebt haben, bis sie nach Spanien kamen. Sie ist einen Teil vom Camino gegangen, hat sich danach entschlossen, diese Herberge zu betreuen, und ihr Freund folgte ihr.

Wie wir uns so entspannt unterhalten haben, glaubte ich am Anfang, ich sehe nicht richtig, als sich die beiden vor mir eine Tüte anzündeten und sie sich teilten. Meine Stimmung hatte sich zwar inzwischen gebessert, aber ich lehnte ihr Angebot, mitzurauchen, dankend ab. Ich verbrachte die Zeit eher damit, mich aufzuwärmen, und folgte dem Tipp der Hospitalera, einen bestimmten Likör zu trinken, wie es die meisten Einheimischen hier gegen die Kälte angeblich machen. Er zeigte auch bald seine Wirkung, nur wurde mir leider trotzdem nicht wirklich wärmer.

Am Abend kochte mir die Hospitalera für unschlagbare sechs Euro ein erstklassiges Menü.

Danach saßen wir gemeinsam mit den deutschen Mädels in der Laube, in der die Temperatur durch die Heizkanone einigermaßen erträglich war. Die Hospitaleros drehten sich wieder mal einen Joint und ich ließ mich auch zu ein paar „Verdauungszügen" hinreißen. Ich plauderte noch ein wenig mit den Mädels, die hier waren anstatt auf ihrer Maturareise, und ging zeitig zu Bett, da der Schlafsack der wärmste Platz hier war und ich morgen wieder weiterkommen und keinen Totalabsturz riskieren wollte. Erstmals war eine Herberge so kalt, dass ich sogar im Schlafsack fast alle Schichten meines Gewandes für die Nacht angezogen habe, um die Temperatur als angenehm zu empfinden.

Tag 19, von Villarmentero de Campos nach Calzadilla de la Cueza

Ich wurde um 7:30 durch den Handywecker von einer der beiden jungen Pilgerinnen geweckt. Doch ich befand es für eindeutig zu kalt, um meinen Schlafsack zu verlassen und aufzustehen, und döste noch, wie die beiden anderen auch, eine halbe Stunde vor mich hin, bis mich schließlich doch noch ein kurzer und unerklärlicher Motivationsschub aus der Waagerechten brachte.

Nachdem mich zunächst ein großer heißer Tee etwas auf Touren brachte, war ich erst nach neun Uhr bereit, aufzubrechen. Ich verabschiedete mich herzlich von den Gastgebern, die, ich glaubte es kaum, schon wieder beim Kiffen waren, und ging los.

Leider war es mir auf dem wieder sehr grobschottrigen Weg neben einer Straße kaum möglich, meinen Rhythmus zu finden. Die Knie schmerzten wieder sehr stark, die Beine generell taten weh und die Kälte hielt mich starr. Nur gut, dass ich mich selber nicht gesehen habe, ich muss ausgesehen haben wie eine Holzpuppe. Es dauerte auch nicht lange, bis ich psychisch ebenfalls wieder ganz unten war, mir die Sinnfrage stellte und mich der gekränkte Stolz eines Mannes plagte. Der Gedankendurchfall steigerte sich immer weiter, bis ich vor Angst überlegte, den Camino in León abzubrechen und vielleicht ein anderes Mal weiterzumachen.

Mir fiel wieder der Spruch an der Wand von gestern ein. „There are just two things …" Ich philosophierte darüber und gab dem recht. Meine Angst kotzte mich an. Was könnte es nur für ein schönes Leben sein ohne diese Angst. Wenn ich sie nur ersetzen könnte durch Liebe, mir würden Flügel wachsen und ich wäre stark genug, um Bäume ausreißen zu können.

Die zehn Kilometer nach Carrión de los Condes waren im wahrsten Sinn des Wortes ein steiniger Weg und erschienen mir endlos. Ich ging dort in einen Souvenirladen, um mir einen Camino-Anstecker zu kaufen und nach einem Schuhgeschäft zu fragen. Ich wollte nämlich schon länger leichte Sportschuhe kaufen, um zu sehen, ob meine Schmerzen eventuell von den Wanderschuhen kamen.

Die Verkäuferin beschrieb mir den Weg dorthin. Tatsächlich gab es nur eine Straße weiter ein Sportgeschäft, und ich machte mich gleich auf, um noch vor Mittag ein Paar Schuhe zu bekommen. Ich ging ums Eck und sah plötzlich Roland aus Bozen wieder. Ich war gleichzeitig erfreut und überrascht, ihn wiederzusehen. Wir plauderten ein wenig und beschlossen, etwas trinken zu gehen. Es war wärmer geworden und zur Abwechslung auch mal fast windstill, also nahmen wir im „kleinen Gastgarten" eines Cafés an einem Tisch am Gehsteig Platz. Da es schon kurz vor Mittag war, bat ich Roland, kurz auf meinen Rucksack aufzupassen, und suchte das Sportgeschäft auf. Ich hatte Glück und fand ein Paar, das wie angegossen passte und das ich gleich anbehielt. Ich wusste nicht, ob es in Spanien andere Größen gab oder ob ich durch das viele Gehen Plattfüße bekommen habe, aber die Schuhe waren zwei Nummern größer als meine übliche Größe und sie passten genau. Ich dankte Roland, band meine Wanderschuhe am Rucksack fest und wollte ihn auf ein Getränk einladen, doch er hatte eine bessere Idee. Wir setzten uns auf eine Parkbank und er holte aus seinem Rucksack spanischen Ziegenkäse, ein Stück Salami und einen Wecken Weißbrot, schnitt alles auf und wir aßen gemeinsam.

Ich wusste noch nicht, wie es heute weitergehen sollte. Körperlich und psychisch war ich am Tiefpunkt und zur nächsten Ortschaft waren es über 17 Kilometer, dazwischen nur Gegend!

Während wir aßen wurde unser Gespräch erstmals tiefgründig. Ich erzählte ihm von meiner Bildungskarenz und schilderte ihm in groben Zügen, warum ich hier war. Er war hier, um Loslassen zu lernen, da er noch sehr an seiner Ex-Freundin hing. Ich habe mich sehr gewundert, so ein ernstes und intimes Gespräch mit so einem Spaßvogel führen zu können, da ich ihn zwar als sympathisch, aber doch als Plauderer eingeschätzt hatte.

Danach ging er zur Bushaltestelle, um bis nach León zu fahren, da seine vier Wochen Urlaub für den Camino ab Pamplona zu kurz waren. Wir verabschiedeten uns innig, da wir wussten, dass wir uns somit das letzte Mal gesehen haben werden.

Jetzt ging ich noch in die nächste Bar, um mir Zigaretten und Wasser zu kaufen, da mir die neuen Schuhe Hoffnung machten und mich das Gespräch mit Roland irgendwie aus meinem psychischen Tief geholt und motiviert hatte und ich entschlossen war, weiterzugehen.

Ich stand an der Theke und wollte bezahlen, als Roland hereinkam, um mir alles Gute zu wünschen und mir zu sagen, dass er mich ein wenig beneide. Er würde auch gerne die Zeit haben, den Camino durchgehen zu können, und ich soll es als Geschenk ansehen, hier sein zu dürfen und genügend Zeit dazu zu haben. Danach verabschiedete er sich nochmals und eilte wieder zur Bushaltestelle.

Ich dachte mir, wie recht er hatte! Zuletzt sah ich im Camino eher eine Bürde als ein Geschenk. Diese Aussage steigerte meine Motivation weiter und machte mir Mut für die anstehenden 17 Kilometer ohne Übernachtungsmöglichkeit. Ohne die Begegnung mit Roland wäre ich wahrscheinlich an diesem Tag nicht weitergegangen und irgendwann an meinem Selbstmitleid erstickt. Es war für mich klar, dass diese Begegnung kein Zufall war und mir der Camino mitteilte, dass ich noch nicht fertig mit meiner Reise war.

Ich war wie ausgetauscht und mit den neuen Schuhen wurden die Knieschmerzen auch ein klein wenig besser. Nach etwas über vier Stunden kam ich zwar ziemlich fertig, aber gut in Calzadilla de la Cuesa an. Dort gönnte ich mir als Belohnung für die 27 absolvierten Kilometer, die ich am Vormittag noch für unmöglich machbar für mich hielt, wieder mal ein Zimmer in einer Pension – mit funktionierender Heizung und Fernseher – und ließ den Abend bei einem spanischen Film mit englischen Untertiteln im Bett ausklingen.

Tag 20, von Calzadilla de la Cueza nach Sahagún

Ich ging nach einer erholsamen Nacht und einem kleinen Frühstück in der Pension wieder relativ spät los. Ich versuchte es wieder mit den neuen Sportschuhen und zur Abwechslung mal ohne die Stützstrümpfe, nachdem ich gestern auf den letzten Kilometern den sehr engen Stützstrumpf am linken Knie entfernte und eine gute Erfahrung damit machte. Auf den ersten Kilometern wurde das Wetter wieder schlechter, der schon bekannte kalte Wind wurde stärker, die ersten Regentropfen setzten ein und ich wechselte sicherheitshalber gleich meine Schuhe, um nicht ganz durchnässt zu werden. Es war mir wieder kaum möglich, auf Betriebstemperatur zu kommen, was ich auch in den Knien spürte, wonach ich dann doch lieber wieder die Stützstrümpfe anzog. Die Schmerzen wurden erneut so stark, dass ich manchmal beim Gehen in die Knie einknickte, was natürlich noch mehr wehtat. Ich nutzte jede Bar am Weg aus, um eine Pause einzulegen und mich bei Tee zu wärmen.

Das nenne ich mal massive Bauweise!

Da man meistens nur den Wind pfeifen hören konnte und die Gegend ziemlich fad war, aktivierte ich wieder meinen MP3-Player, um mich etwas abzulenken. Nach langen 22 Kilometern habe ich endlich Sahagún erreicht und beschlossen, meinen Körper nicht weiter zu malträtieren und hier zu bleiben.

Ich checkte in ein günstiges Hotel mit Restaurant ein und spazierte noch eine Runde durch die Kleinstadt, die ihre besten Tage schon lange hinter sich hatte. Ich hielt vergebens Ausschau nach einem Sportgeschäft, um mir einen zweiten Trekkingstock zu kaufen, da die Schmerzen wieder stärker geworden waren. Das hätte ich schon in Burgos machen sollen, aber manche Dinge dauern eben anscheinend etwas länger bei mir. Kleiner Lichtblick am Rande: ich hatte über die Hälfte der Kilometer nach Santiago hinter mir!

Beim Abendessen im Restaurant saß ich zufällig neben einem Österreicher und wir kamen in ein Gespräch. Es war ein seltsames Gefühl, dass mich jemand verstand, wenn ich mit meinem steirischen Dialekt sprach. Es ging meist um wirtschaftliche Themen. Kein Wunder, da er im Vorstand der oberösterreichischen Bank war. Ich bedauerte ihn, dass ihn die Arbeit nie loslässt. Seine Frau war mit ihm am Jakobsweg, hat aber aufgrund von Problemen den Bus von Burgos nach León genommen, und er marschierte nun jeden Tag alleine um die 40 Kilometer, um rasch wieder aufzuschließen. Ich glaubte, er war froh, dass er wenigstens das Stück ohne sie unterwegs war und sich selber was beweisen konnte.

Tag 21, von Sahagún nach Reliegos

Ich startete wieder alleine und wie schon so oft in den letzten Tagen war weder vor – noch hinter mir ein anderer Pilger zu sehen.

Nach knapp fünfeinhalb Kilometern erreichte ich den Ort Calzada del Coto, wo sich der Camino bis Reliegos teilte. Ich habe mich für den etwas einfacheren Camino Francés, über Bercianos del Real Camino, El Burgo Ranero nach Reliegos entschieden.

Die gesamte Etappe war flach wie ein Brett. Der Weg führte wieder meist entlang einer schnurgeraden Straße und die Gegend war, nett ausgedrückt, einfach nur fad. Der Wind wurde stärker und pendelte sich bei Sturmstärke ein und kam natürlich immer von vorne, sodass ich mich manchmal richtig dagegenstemmen musste, um vorwärtszukommen.

Es war zermürbend, so endlos weit vorausschauen zu können und sich gefühlt kaum vom Fleck zu bewegen. Besonders die letzten zehn Kilometer fühlten sich endlos an und ich hatte schon Bedenken, mich vergangen zu haben, da Reliegos doch schon längst hätte da sein müssen. War ich schon vorbei? War ich am falschen Weg? Schließlich habe ich den ganzen Tag keinen

Pilger und schon lange keinen Wegweiser mehr gesehen. Es fühlte sich an, als ob ich mich am Rande des Wahnsinns befand. Ich beruhigte mich: „Egal, irgendwo muss die Straße ja hinführen. Ich habe noch Zeit bis zum Sonnenuntergang. Notfalls fährt ja alle zwei, drei Stunden ein Auto vorbei." Dann verlief die Straße durch eine Bahnunterführung und hinter ein paar Kurven versteckte sich Reliegos, das man tatsächlich erst wenige Meter davor sehen konnte. Die 31 Kilometer steckten mir in den Knochen und ich war sehr erschöpft.

Dort kehrte ich zuerst in die nächste Bar ein, um einen ordentlichen Schluck Bier zu nehmen. Der Hospitalero der städtischen Herberge war auch da, und da es im Ort keine Pension gab, ging ich anschließend gleich mit zur Herberge und war recht zufrieden damit. Das Zimmer war warm und nicht mal halb voll, die Duschen waren sauber und es gab heißes Wasser. Alles, was man braucht, also.

Am Abend bekam ich Kreuzschmerzen, die immer stärker wurden. Es bereitete mir zunehmend Sorgen und ich hoffte, keinen neuerlichen Bandscheibenvorfall wie vor acht Jahren zu haben. Nicht hier im Ausland, irgendwo in der Provinz!

Ich ging früh zum Abendessen, legte mich gleich wieder ins Bett und hoffte auf Besserung, während ich ganz alleine in der Herberge und alle anderen noch beim Essen waren. Als ich mit Ines telefonierte, hörte ich plötzlich ein Klopfen. Immer wieder. Ich ging hinunter, um zu sehen, was los war. Ich öffnete die Türe, die wie ich erst jetzt sah, von außen ohne Schlüssel nicht zu öffnen war. Draußen stand die ältere Pilgerin aus Dänemark, die auch in meinem Zimmer schlief. Sie war heilfroh und dankbar, dass ich die Türe geöffnet habe, und dachte schon, obwohl es noch früh war, zu spät gewesen zu sein und die Nacht im Freien verbringen zu müssen. Sie war pensionierte Lehrerin, unterrichtete Englisch, Französisch und Spanisch und unterhielt sich mit mir auf Deutsch.

Vom Winde verweht ... wird dieser Kalkhaufen bis
zum nächsten Tag auf einem Feld wohl gewesen sein

Endlose Weiten! Raum und Zeit scheinen zu verschwimmen

Ich erzählte ihr von meinen Kreuzschmerzen, worauf ich erfuhr, dass in unserem Zimmer auch eine Krankenschwester aus Finnland schliefe, die mir vielleicht helfen könne. Kurz darauf kam sie in einer Gruppe mehrerer Pilger „nach Hause" und die Lehrerin erzählte ihr sofort von meinem Problem. Sie kümmerte sich umgehend um mich, gab mir gleich zwei Medikamente und erklärte mir die Dosierung für morgen. Anschließend verarztete sie noch einen spanischen Pilger, der sich am Fuß verletzt hatte. Es war ein beruhigendes Gefühl, dass jemand für mich da war, ich mich über meine Probleme mit jemandem unterhalten konnte und nicht alleine mit meinen Schmerzen und Sorgen in einem Zimmer lag, wie ich es vorhatte.

Tag 22, von Reliegos nach León

Ich hatte Glück! Das Kreuzweh schien nur ein „Streifschuss" gewesen zu sein und die Medikamente verrichteten ihre Arbeit, sodass ich einigermaßen gut schlafen konnte und am Morgen wieder fast schmerzfrei war. Da im gesamten Dorf anscheinend kein Frühstück zu bekommen war, machte ich mir, der finnischen Krankenschwester und der dänischen Lehrerin noch in der Herberge einen Manzanilla, also einen Kamillentee, von dem ich noch etliche Säckchen dabei hatte. Danach gingen wir, jeder für sich, los. Nach einem kurzen Regenguss kam wieder die Sonne durch und der Wind ließ nach. Die Stimmung klarte sich mit dem Wetter auf. Es machte Hoffnung, heute einen weiteren Meilenstein am Jakobsweg zu erreichen, nämlich León. Ich kam wieder etwas besser vorwärts und schloss nach wenigen Kilometern auf die Dänin auf. Mit ihren längeren, grauen und fettigen Haaren, der dominanten Brille, den komplett ausgelatschten Schuhen, ihrer für eine Wanderung schwere, eher ungeeignete Kleidung und dem Rucksack, der wahrscheinlich bei der nächsten Erschütterung auseinandergefallen wäre, machte sie auf mich den Eindruck eines typisch grünen Hippies. Aber man konnte sich mit ihr gut unterhalten, sie hatte einen weiten Horizont und hatte mir gestern weitergeholfen, also gingen wir ein Stück gemeinsam bis zum nächsten Dorf. Da wir beide hungrig waren und an einem Café vorbeikamen, gingen wir auch gemeinsam frühstücken, hatten dabei ein angenehmes Gespräch über den Jakobsweg und erzählten uns von unseren Kindern. Es war wie immer höchst interessant, die unterschiedlichen Gründe, Hoffnungen und Ziele der Pilger des Jakobsweges zu hören.

Danach ging wieder jeder für sich alleine weiter, da die Einsamkeit, das mit sich selbst Beschäftigen für uns beide wichtig war. Die Gegend konnte danach auch kaum mehr wirklich Sehenswertes bieten, man merkte nur mit jedem Schritt, dass man sich der Zivilisation durch den viel stärker gewordenen Verkehr und einem Industriegebiet näherte. Nach weiteren zwei Stunden machte ich in einer Bar namens „Viel Glück" wieder eine Pause. Als ich die Bar wieder verließ, ging keine 100 Meter vor mir wieder die Dänin. Ihr Rucksack hing windschief auf ihrem Rücken und ein Teil der Sohle von einem ihrer Schuhe hatte sich bereits gelöst. Ich schloss wieder zu ihr auf und fragte sie, ob sie keine Probleme mit ihrem Equipment habe, was sie verneinte. Ich verstand nicht ganz, dass eine Frau, die mehr als doppelt so alt war wie ich und dazu mit dieser Ausrüstung, keine Probleme bei einer Weitwanderung wie dem Jakobsweg hatte. Wie schützte sie sich überhaupt gegen die Kälte und den Regen mit ihren zarten fünf Kilo Gepäck? War ich so ein verweichlichter Bubi oder sie so ein zäher Kerl?

Mit ihrer Einstellung, ihrem Stil und dem großen Fremdsprachenschatz wurde sie immer interessanter für mich. Wir haben doch beschlossen, die letzten zehn Kilometer bis in die Altstadt Leóns gemeinsam weiterzugehen, da sich die Gespräche wie von selbst ergaben und die Zeit dabei wie im Flug verging. In der Altstadt trennten sich unsere Wege wieder, da sie die kirchliche Herberge aufsuchte und ich ein Einzelzimmer bevorzugte, was ich sehr günstig in der Nähe der Kathedrale auch bekam.

Ich spazierte durch die Altstadt, die mich irrsinnig beeindruckte, ging zum Friseur und ins nächste Sportgeschäft, um endlich zu einem zweiten Trekkingstecken zu kommen. Als ich den Stecken auf mein Zimmer bringen wollte, sah ich plötzlich Roland mit einer großen Runde an einem Tisch vor einer Bar sitzen. Einige bekannte Gesichter, wie Ken aus Kanada, waren auch dabei. Ich traute meinen Augen nicht und fragte Roland, was er noch hier mache. Er erzählte mir, dass er schon bis Astorga gekommen sei, aber wegen des miesen Wetters aufgegeben hat. Er meinte, nichts verbrochen zu haben, und wollte sich nicht weiter quälen. Außerdem sei er von „Hardcorepilgern" verarscht worden, da er den Bus genommen hatte. Also nahm er den nächsten Bus zurück nach León, um seine Freunde noch mal zu treffen, bevor er noch eine Woche in Barcelona oder auf Mallorca verbringen wollte.

Es war für mich fraglich, ob er überhaupt was von dem verstanden hatte, was er mir in Carrión de los Condes sagte. Ich dankte ihm trotzdem dafür, dass er mich aus meinem Tief holte und motivierte, und war froh, ihn doch noch einmal wiedertreffen zu dürfen. Nach amüsanten zwei Stunden und mehreren Getränken hat die Mehrheit der Runde beschlossen, beim Chinesen essen zu gehen, weshalb ich mich abgeseilt habe. Das chinesische Geschmackserlebnis von Bilbao war noch zu präsent und abschreckend, und so trennten sich unsere Wege also endgültig.

Später schnupperte ich noch in das Nachtleben von León, das genau im Bereich um mein Hostal stattfand. Dutzende Bars öffneten ihre Türen und Hunderte Gäste unterhielten sich in und vor den Bars, als ob die halbe Stadt nachtaktiv wäre. Leider hat sich das letzte Glas Rotwein irgendwie nicht optimal mit den Medikamenten vertragen, weshalb ich bald zu Bett ging.

Sehr gepflegte Altstadt von León

Tag 23, von León nach Hospital de Orbigo

Nachdem ich vor dem Schlafengehen noch mit meinen Verdauungsproblemen am WC am Gang des Hostels einige Zeit zu kämpfen hatte, war mir am Morgen ziemlich übel und ich dachte mir, dass es die Spanier mit ihrem Fraß endlich geschafft haben, mir den Magen zu ruinieren, denn es ist ja wohl kaum möglich, dass sich die Einnahme starker Medikamente, gepaart mit einer größeren Menge Alkohol, am selben Tag auch auf den Magen schlägt, oder?

Ich war todmüde, stand am frühen Vormittag auf und machte mich um zehn Uhr auf den Weg. Das Wetter entsprach meinem Befinden – es nieselte. Beim Verlassen der Altstadt kaufte ich mir noch schnell eine kleine Flasche Wasser und einen Apfel und hatte somit ein „Breakfast to go" bis in die weniger schöne

Die Kathedrale von León

Neustadt. Mehrere Kilometer auf den asphaltierten oder gepflasterten Gehsteigen zurückzulegen, war nicht unbedingt das beste Training für meine Knie, die mich wieder stärker plagten. Mir war noch immer übel und mein Regenponcho fühlte sich an wie eine Dampfsperre, unter der sich der Schweiß staute. Mal war mir heiß, dann wieder kalt. Ich war geschwächt und genervt.

Nachdem ich wieder nur zwei oder drei Pilger gesehen habe, holte mich am Rande von León ein Pilger ein und begleitete mich. Er war aus Serbien und startete soeben erst in León, nachdem sein Flieger mitten in der Nacht angekommen war und er um vier Uhr früh ein Zimmer in einem Hostel gefunden hatte, um noch ein wenig zu schlafen vor dem Start. Ich konnte ihm viele Fragen zu den Herbergen oder Hostals am Weg beantworten, habe ihm beschrieben, wo ich den Weg bis jetzt am schönsten fand, und erklärte, wie ich mit meinen Alltagsproblemen hier umging, dabei fühlte ich mich ein klein wenig wie ein alter Caminohase.

Nach einer halben Stunde ging langsam der Gesprächsstoff aus. Ich wollte nicht aus Nettigkeit weitere Themen an den Haaren herbeiziehen, wollte wieder meine Ruhe haben und alleine weitergehen. Ich legte also bei einer Tankstelle eine Pause ein und kaufte mir eine Cola. Die Motivation des ersten Tages machte es ihm schwer zu warten, doch er war immer noch da, als ich mit meinem Getränk aus der Tankstelle kam. Ich sagte zu ihm, dass ich noch Zeit bräuchte, aber er nicht auf mich zu warten brauche und wir uns vielleicht später wieder über den Weg laufen würden. Er bedankte sich bei mir und machte sich rasch wieder auf den Weg.

Kurz danach gabelte sich der Weg wieder für ca. 28 Kilometer. Meine Wahl fiel wieder auf die etwas einfachere und kürzere Variante, den Camino Francés. Auch wenn dieser nur eintönig neben einer Straße verlief, zählte für mich jeder Meter, vor allem heute!

Als ich durch meine Laune immer mehr ins Grübeln geriet und nicht mehr von meinen Gedanken loskam, wurde mein innerer Zweifler wieder zum Riesen, während ich mich immer kleiner fühlte. Dutzende negative Gedanken zum Camino, meiner Beziehung oder, in der Situation kaum weniger schmerzlich, einfach nur, was sich die Leute in meiner Heimat, meine „Freunde" so über mich denken und reden würden, schossen mir durch den Kopf und setzten mir zu. Ich hatte Heimweh. Ich wollte einfach nur nach Hause. Ich wollte auf meiner Couch liegen und Ines festhalten, Leonard sehen, mit meiner Mutter sprechen oder einfach nur schlafen. Egal, was. Alles, nur eben gerade nicht hier sein!

Es war Mittag, als ich durch ein Dorf entlang der Straße ging, in dem es endlich eine Bar gab. Von außen sah sie zwar nicht unbedingt wie die erste Adresse am Platz aus, sondern eher wie eine Ruine aus der Fernsehsendung „Pfusch am Bau", aber ich wollte meinem Magen etwas Gutes tun und hoffte, Suppe und Tee zu bekommen. Mein Eindruck bestätigte sich im Inneren der Bar, die ohne großen Aufwand als authentischer Drehort für einen Horrorfilm hätte genutzt werden können. Die Bar war leer, bis auf zwei schätzungsweise Stammgäste und einen ungepflegten, sehr dicken Mann bei Tisch, der offenbar der Chef des Hauses war. Ich setzte mich zum Tisch neben ihm und konnte sehen, dass er Bohnensuppe mit Chorizo aß. Er hörte sich anscheinend selber gerne reden, diskutierte während des Essens andauernd mit den beiden Gästen und der Kellnerin und war dabei immer sehr laut und emotional, bis auf die kurzen Momente, in denen er in den Fernseher starrte, der noch in keinen Bars Spaniens, in denen ich gewesen bin, gefehlt hatte. Seine Art ging mir auf die Nerven, doch endlich kam die Kellnerin, um meine Bestellung aufzunehmen. Nachdem niemand hier Englisch sprach, konnte ich meine mittlerweile schon „grandiosen" Spanischkenntnisse anwenden und einen Tee (zu Spanisch té) und die Bohnensuppe bestellen, indem ich sopa (zu Deutsch Suppe) bestellte und dabei auf die des Dicken vom Nebentisch zeigte. Dieser spanische Eintopf wurde zu meinem Lieblingsgericht am Camino und ich war wirklich froh zu sehen, dass es ihn hier auch gab.

Die Kellnerin schaute etwas eigenartig, sagte noch irgendwas zu mir, was ich nicht verstanden habe, und verschwand in der Küche. Kurz darauf kam sie wieder heraus, stellte sich hinter die Theke, um ein Bier zu zapfen, und brachte es mir an den Tisch. Ich traute meinen Augen nicht und war in dem Moment so perplex, dass ich nicht wusste, ob ich lachen oder mich beschweren sollte.

Ich dachte mir, wenn sie die Bestellung ‚té' nicht verstand, würde eine Beschwerde sowieso nichts bringen, verzieh ihr das Missverständnis und hoffte, wenigstens das richtige Essen zu bekommen.

Eine Viertelstunde später war es endlich so weit. Die Kellnerin kam mit einem riesigen Suppentopf und einem Teller zu mir, stellte alles wortlos auf den Tisch und verschwand wieder. Als ich den ersten Blick in den Suppentopf werfen konnte, sah ich gleich die Scheren und Fühler der „spinnenartigen" Meeresfrüchte, vor denen mir so sehr ekelt. Ich konnte es nicht fassen und glaubte wirklich, einem schlechten Scherz ausgesetzt gewesen zu sein. Ich überlegte, was ich nun mit der Meeresfrüchtesuppe tun sollte, die ich am liebsten gegen die Wand geschleudert hätte.

Ich sammelte mich, nahm den Suppentopf und stellte ihn zurück auf die Theke, worauf mich die dämliche Kellnerin verdutzt anschaute. Ich versuchte ihr also noch mal, höflich, aber bestimmt, mit Händen und Füßen zu erklären, dass ich das Gleiche wollte wie der dicke Typ neben mir, was sie allerdings nicht verstehen konnte oder wollte, dabei aber irgendwas auf Spanisch faselte. Nach vier oder fünf vergeblichen Erklärungsversuchen wurde es dem dicken Chef offensichtlich zu blöd und er fuhr die Kellnerin an, die darauf wieder in der Küche verschwand. Ich setzte mich also wieder zurück an meinen Tisch, der Dicke nickte mich an, ich trank weiter mit kleinen Schlucken an meinem Bier und wartete ab, was als Nächstes auf mich zukommen sollte. Nachdem ich am Vormittag wirklich übel gelaunt war und gedacht hatte, es ginge nicht schlimmer, war ich nun klüger. Es ging noch schlimmer! Ich fühlte mich müde, ausgelaugt, verunsichert, war traurig und wegen der Kellnerin etwas wütend und hatte somit in dieser Bar einen meiner schlimmsten psychischen Durchhänger am Camino. Ich wünschte mir, dass hinter der Bar ein Flughafen gewesen wäre mit Direktflug nach Judenburg, meinem Heimatort. Er hätte nicht teuer genug sein können, ich hätte jeden Preis bezahlt! Ich wollte nur so schnell wie möglich zu meiner Familie.

Kurz darauf wurde es wieder spannend, denn die Kellnerin kam erneut mit einem Suppentopf auf mich zu. Und − Trommelwirbel − unglaublich, aber wahr, es war das Richtige drinnen.

Leider war es nicht so gut, wie ich es schon gewohnt war von anderen Bars, aber wenigstens bekam ich was Essbares. Jedenfalls hat es dem Magen gutgetan und ich wollte nach dem Essen so schnell wie möglich weg von dieser Bar, in der der Chef zum Schluss neben mir trotz generellem Rauchverbot in allen Bars und Restaurants genüsslich eine rauchte.

Das Wetter war inzwischen bis auf den Wind besser geworden. Ich steckte mir wieder meine MP3-Stöpsel in die Ohren und machte mich mit dem mir möglichen, sehr mäßigen Tempo auf den Weg.

Immer wieder sprach ich mir selber Mut zu und die Musik konnte mich langsam von meinen Ängsten und Zweifeln ablenken. Schritt für Schritt kam ich aus meinem tiefen Loch heraus und schaffte es, mich wieder zu motivieren. Manchmal schloss ich die Augen und stellte mir vor, dass Leonard und Ines hier wären und wir Hand in Hand gingen. Es war eine schöne Vorstellung, die die Einsamkeit erträglicher machte und mir Kraft gab. Für einen kurzen Moment kamen mir dabei sogar die Tränen vor Rührung.

Als ich nach 21 Kilometern um ca. 16 Uhr Villadangos del Páramo erreichte, was bei dieser Tagesverfassung mein Wunschziel war, blieb ich vor der Herberge stehen und rauchte eine Zigarette.

Ich wollte nicht den ganzen späten Nachmittag und Abend herumsitzen und riskieren, dass ich dabei wieder zu viel ins

Grübeln käme. Außerdem fühlte ich mich körperlich dazu in der Lage, die paar Kilometer zum nächsten Ort zu gehen, und da die Sonne schien, wollte ich das noch genießen.

Ich ging gleich weiter und nach wenigen Metern holte mich nach Langem wieder ein Pilger ein. Er drosselte sein Tempo, um sich mit mir zu unterhalten. So wie der Serbe vom Vormittag startete auch er erst heute seinen Camino in León. Er war sehr interessiert, zu erfahren, was ich schon alles hier erlebt hätte, und ich konnte ihm viele Dinge zum Jakobsweg, wie zum Beispiel die Herbergen, erklären. Danach nahm er wieder sein Tempo auf. Es wurde mir wieder richtig bewusst, wie weit ich schon gekommen war, was mich stolz machte und ein Scheitern auf den „letzten Kilometern" fast unmöglich erscheinen ließ. Die fünf Kilometer nach San Martín del Camino vergingen recht zügig und ich hatte immer noch Reserven. Ich stillte den Durst in einer Bar am Straßenrand und beschloss, die sieben Kilometer nach Hospital de Orbigo auch noch in Angriff zu nehmen. Erst auf den letzten Kilometern wurden die Beine wirklich müde und die Fußsohlen begannen zu brennen. Doch die Freude, an so einem Tag ganze 33 Kilometer zu schaffen, überwog und ich lächelte zufrieden, als ich die letzten Meter über die beeindruckende Steinbrücke, die Puente de Orbigo, ging und in der ersten Pension nach der Brücke ein Einzelzimmer bekam.

Leider verfügte das Zimmer nur theoretisch über Warmwasser und die Körperpflege verlangte mir als Warmduscher einiges an Überwindung ab.

In der Pension traf ich einen älteren, allein reisenden Pilger aus England, der einen sehr vornehmen Eindruck auf mich machte und am Abend sogar ein schönes Hemd trug. Ich erzählte ihm stolz von meiner heutigen und längsten Etappe, worauf ich leicht verwundert und deprimiert zur Kenntnis nahm, dass er jeden Tag zwischen 30 und 40 Kilometer zurücklegte. Er war ein absoluter Fußballfan und sah sich an den Abenden in den Bars

Blick von meinem Zimmer auf die 300 Meter lange und nachts
mit wechselnden Farben beleuchtete Puente de Orbigo.
Am Platz daneben finden auch heute noch Ritterspiele statt.

jedes Champions-League-Spiel an, wie auch heute, während
ich gleich nach dem Essen wieder auf mein Zimmer ging und
hoffte, es mit dieser langen Etappe nicht für meinen Körper
übertrieben zu haben und auch morgen wieder fit zu sein.

Tag 24, von Hospital de Orbigo nach Rabanal del Camino

Um sechs Uhr früh überwand ich meinen inneren Schweine-
hund und stand trotz großer Müdigkeit auf, nachdem ich um
fünf Uhr putzmunter war, aber mich noch mal umdrehte. Ich
startete ganz ohne Frühstück in den kalten Morgen und machte
auf halbem Weg nach Astorga bei einer Tankstelle Rast.

Kurze Zeit später führte der Weg endlich wieder weg von der Straße und vom Santo Toribio genoss ich bei schönem Wetter die Aussicht auf Astorga und den Vorort San Justo de la Vega. Von dort an ging der Weg kurzzeitig sehr steil bergab, was wieder unglaublich auf die Knie ging. Ich erinnerte mich an den Tipp des österreichischen Pilgers Wolfgang, den ich beim Abendessen in Sahagún traf. Er erzählte mir, dass er steile Stücke bergab immer rückwärtsging, um die Knie zu schonen. Ich drehte mich also um, versuchte es auch und kann nur bestätigen, was mir Wolfgang riet. Ich kam schmerzfrei nach unten und ging guter Dinge die letzten fünf Kilometer am Vormittag nach Astorga.

Nachdem was ich bis jetzt am Jakobsweg an Altstädten gesehen hatte, konnte mich Astorga doch wieder aufs Neue beeindrucken. Es war Sonntag, noch Vormittag und dementsprechend schwer, ein Lokal zu finden, das zu dieser Zeit auch

Eines der tollsten Bauwerke am Jakobsweg ist
der Bischofspalast gleich neben der Kathedrale in Astorga

etwas Essbares angeboten hat. Nach einiger Zeit wurde ich doch noch fündig und bestellte in einem Café Thunfischnudeln, die ich in einer Vitrine erspähte.

Leider wurden sie kalt und mit Mayonnaise übergossen serviert, ansonsten wären sie bestimmt auch gut gewesen. Wenigstens wurde der Tee heiß serviert.

Nach Astorga änderte sich die Landschaft nach und nach und war geprägt von langem, ausgetrocknetem Gras. Dazwischen waren immer wieder karge Büsche oder Bäume und die verschneiten Berge im Hintergrund waren nun schon fast zum Greifen nahe. Ich fühlte mich wie in der Savanne Kenias mit dem Kilimanjaro im Hintergrund. Es machte mir Freude, hier zu wandern. Ich kam richtig schnell voran und war hungrig auf den Weg, der vor mir lag. Offenbar war mir der zweite Wanderstecken tatsächlich die Hilfe, die ich mir erhofft hatte, und erinnerte mich an meine Stecken, die ich am Flughafen Graz zurücklassen musste.

Nach weiteren knapp neun Kilometern war ich endgültig am Fuße der verschneiten Gebirge vor mir angelangt und reif für eine weitere Pause. Langsam, aber sicher spürte ich die Kälte, die von den Bergen herunterzog. Ich erreichte ein 50-Einwohner-Dorf, das schon jenseits der Zivilisation zu liegen schien. Zum Glück verfügte die einzige Bar über einen gut beheizten, offenen Kamin, der mir den verschwitzten Rücken wärmte, während ich mir im Fernseher den Start eines Formel-1-Rennens anschaute.

Abgesehen von den warmen Temperaturen vermisste ich nur die „Big 5", um zu glauben, ich wäre in Afrika unterwegs …

… stattdessen sah ich freilaufende Pferde und eine große Herde Schafe

Aufgetrocknet und motiviert machte ich mich auf die fünf Kilometer zum nächsten Dorf, die mir mit Musikbegleitung fast zu schnell vergangen waren, sodass ich gleich durchmarschierte nach Rabanal del Camino, was die vorletzte Station vor dem Cruz de Ferro darstellte. Ich war fast wie getrieben, wäre manchmal am liebsten ein Stück gelaufen und hatte kaum Probleme mit der bisher längsten Tagesetappe von fast 38 Kilometern. Nur das linke Ohr glühte förmlich und leuchtete vermutlich sogar im Dunkeln, da den ganzen Tag die Sonne schien und ich die schon lange nicht mehr benötigte Sonnencreme gut verstaut im unteren Bereich des Rucksackes mit mir herumschleppte.

Ich quartierte mich in einem sehr familiären Hostal in einem uralten, aber sehr gepflegten Steinhaus ein, das nur über drei Doppelzimmer verfügte, wovon ich eines alleine bekam, da nur ein weiterer Pilger für die Nacht zu Gast war. Ich flanierte durch das 100 Meter lange Dorf, das an der „Hauptstraße" wie eine Perlenkette aufgefädelt war. Ich konnte es kaum erwarten, morgen endlich meinen Smaragd am Cruz de Ferro abzulegen, der sich wie eine große Last anfühlte, wie ein Schwamm, der viel Schmerz aufgesogen hatte.

Als ich vor dem Hostal saß, um eine Zigarette zu rauchen, erreichte auch der ältere englische Pilger, den ich vom Vorabend kannte, soeben Rabanal. Ich war überrascht, dass er auch so weit gekommen war, konnte förmlich seine Motivation und seinen Kampfgeist durch seinen Blick greifen und wusste in dem Moment, dass er kein Selbstdarsteller war und wirklich jeden Tag solche Mammutdistanzen zurücklegen konnte. Er fragte mich, ob die Unterkunft gut sei, wollte dann aber doch noch bis zum nächsten Dorf weiter.

Am Abend unterhielt ich mich mit dem Pächter des Hostals, bis mir seine Frau mein zuvor bestelltes Abendessen machte, was ich im Erdgeschoss des Hauses aß. Ich hoffte, dass seine meteorologischen Fähigkeiten nicht überzubewerten seien, als er sagte, dass es in der Nacht wieder sehr kalt werden würde und morgen vielleicht schneien könnte.

Danach ging das Ehepaar nach Hause ans andere Ende des Dorfes, bat mich, überall das Licht auszuschalten, und gab mir ihre Telefonnummer, falls ich sie bräuchte. Es war ein eigenartiges Gefühl, alleine in einem alten, fremden Haus zu schlafen, nur mit einem fremden Mann im Nebenzimmer, den ich nie gesehen habe. Der Gedanke daran brachte mir Unbehagen, welches dadurch genährt wurde, dass ich wohl den einen oder anderen Horrorfilm zu viel gesehen habe. Ich ging also über die steile Treppe hinauf in den ersten Stock, wo die Zimmer waren, schaltete dort das Licht ein und ging wieder hinunter, um dort das Licht auszuschalten und nicht ganz im Dunkeln wieder hinauf gehen zu müssen. Erst dann schaltete ich auch dort das Licht aus und lauschte an der Zimmertür des anderen Pilgers, ob er überhaupt da war. Doch ich konnte nichts hören. Ich war froh, dass in meiner Zimmertür ein Schlüssel steckte und ich mich im Zimmer einschließen und ruhig schlafen konnte.

Tag 25, von Rabanal del Camino nach Molinaseca

In der Früh konnte ich den Wind durchs Fenster pfeifen hören. Der Blick aus dem Fenster versprühte einen Hauch von Weltuntergang und machte mir klar, dass der Pächter doch wetterkundig war.

In der Unterkunft bekam ich ein für spanische Verhältnisse sehr gutes Frühstück, zog gleich meinen Regenponcho über meine Windjacke, Softshelljacke, langärmliges Funktionsshirt und T-Shirt und machte mich auf den Weg.

Es war sehr kalt. Als ich das Dorf verlassen hatte, konnte der böige Sturm richtig angreifen und versetzte mich manchmal seitlich, wenn er nicht gerade von vorne kam. Mit jedem Höhenmeter mehr kam ich auch den dichten Wolken immer näher, die sich schon eher vor mir als über mir auftürmten. Durch den Poncho und die Windjacke konnte absolut keine Luft mehr zirkulieren und ich begann, trotz der Kälte stark zu schwitzen. Nach wenigen Kilometern war ich völlig durchnässt, außen vom Regen und innen vom Schweiß. Dass es den ganzen Tag so weitergehen sollte, war ein schrecklicher Gedanke, doch die Gewissheit, dass ich gleich meinen Stein am Cruz de Ferro ablegen konnte, trieb mich an.

Nach zwei Stunden und 400 Höhenmetern war es endlich so weit und ich konnte das Cruz de Ferro durch den immer dichter gewordenen Nebel vor mir erkennen. Ich konnte kaum glauben, es endlich geschafft zu haben und meinen „schweren" Smaragd, den ich so lange mit mir herumgetragen habe, ablegen zu können. Mir schossen die Tränen in die Augen und ich dachte mir, dass alles andere, alle Strapazen völlig egal seien. In diesem Moment rutschte ich aus, als ich einer Pfütze ausweichen wollte, und landete fast im knöchelhohen Schlamm.

Endlich war ich dort. Angekommen an meinem eigentlichen Hauptziel!

Eines meiner Hauptziele, das langsam aus dem Nebel auftauchte – das Cruz de Ferro, wo nun auch mein Smaragd liegt.

Ich öffnete meine Kleider gerade so weit, dass ich an meine Kette kam, auf der der Stein hing, und sie mit einem Ruck von meinem Hals reißen konnte. Ich ging, soweit es mir bei dem eisigen Sturm möglich war, in mich, sprach ein Gebet, das in meinem Wanderführer stand, und warf den Stein zu den vielen anderen, die schon unter dem Kreuz lagen.

Ich machte mir bewusst, dass ich somit hier viel Schmerz liegen ließ, kostete den Moment aus und dankte, dass ich es geschafft habe.

Danach ging es weiter auf schmalen und sehr matschigen Pfaden. Daneben lagen schon überall Schneefelder. Bei Temperaturen um den Gefrierpunkt und dem Sturm versuchte ich, so schnell es meine starren Knie zuließen, weiterzukommen, um nicht wieder völlig auszukühlen.

Plötzlich kamen vom Wald neben dem Weg mehrere Kühe und Kälber, die mir im Schlamm nachwateten. Sie kamen mir immer näher, was mich doch etwas nervös machte, sodass ich mich zwischen eine kleine Gruppe Pilger vor mir mischte. Ich musste mich an eine Situation von zu Hause erinnern, als ich mit Ines durch ein Feld ging und die Kühe dort aus Spaß etwas provozierte. Die Rinder mussten intelligenter gewesen sein als angenommen, denn die Herde ließ sich nichts gefallen. Sie riefen sich zusammen und liefen los, formierten sich geschickt links und rechts von uns und wollten uns wahrscheinlich attackieren. Wir waren total verblüfft von dieser „Strategie", rannten los und konnten uns noch rechtzeitig über den Zaun in Sicherheit bringen.

Wie sich aber herausstellte, waren die Tiere friedlich und „pilgerten" nur nach Hause nach Manjarín.

Manjarín – Heimat vieler Rinder und eines
einzigen menschlichen Einwohners

Nach ca. 13 Kilometern bergauf lagen nun 13 Kilometer bergab
vor mir – und 1.000 Höhenmeter. Ich hoffte, dass meine Knie
diesem Härtetest standhalten würden.

Ich hatte großen Durst, hatte aber meine Wasserflasche
außen am Rucksack befestigt und das Wasser war mittlerweile
so kalt, dass es fast untrinkbar war.

Zuerst ging es auf einer schmalen, kaum befahrenen Straße
steil bergab, die ich immer wieder rückwärts beging, um die
Knie zu schonen. Dann führte der Weg abseits der Straße auf
einem wieder sehr schlammigen und schottrigen, manchmal
sogar felsigen Weg direkt den steilen Hang hinunter nach El
Acebo, in dem sogar schon wieder 35 ständige Einwohner lebten.
Der Weg hinauf war ja schon anstrengend, aber immer noch
ein Kinderspiel im Vergleich zum Weg hinunter. Ich musste
ständig aufpassen, um nicht auszurutschen, umzuknicken oder
in die Knie einzuknicken.

Als ich das Dorf endlich erreichte, kehrte ich auf einen schnellen Tee ein und aß dabei meine Banane und die Nüsse, die ich noch als Proviant mithatte. Da mittlerweile meine komplette Kleidung völlig durchnässt war, zog ich in der kleinen Bar nur den Regenponcho aus, nahm am Tisch gleich neben dem offenen Kamin Platz und machte mich nach einer Viertelstunde wieder auf den Weg.

Am liebsten wäre ich hier geblieben, um mich auszuruhen, meine Sachen trocknen zu können und bei besserem Wetter morgen weiterzugehen. Doch ich hatte nur mehr fünf Euro bei mir und musste noch die zehn Kilometer bis Molinaseca weiter, wo erst der nächste Geldautomat stand.

Ich wollte die Etappe einfach nur so schnell wie möglich hinter mich bringen. Ich wollte raus aus den nassen Sachen, war abgekämpft und gereizt. Doch es lagen noch ca. 550 Höhenmeter

Selbstaufnahme vom höchsten Punkt des Caminos
auf ca. 1.500 m mit dem Schnee im Hintergrund

vor mir, die ich runtermusste, und das im wahrsten Sinne des Wortes über Stock und Stein. Der Weg, gepaart mit dem Wetter, wurde zu meiner persönlichen Hölle und ich hatte den Eindruck, dass ich mich kaum vom Fleck bewegte. Ich wurde immer müder, war dehydriert und die Füße wurden definitiv überbeansprucht. Ich bekam eine kleine Blase auf der linken Ferse, eine weitere beginnende am rechten großen Zeh und das rechte Knie schmerzte wieder sehr stark. Eigentlich tat mir alles von der Hüfte an abwärts weh. Ohne die Hilfe meiner beiden Wanderstöcke hätte ich den langen Abstieg bestimmt nicht überstanden. Zu guter Letzt spürte ich auch die Schultern wieder. Besonders die linke Schulter schmerzte stark, wie es schon einmal nach Estella der Fall war.

Ich dachte mir, dass ich lieber noch mal 30 Kilometer auf Asphalt gehen würde, als die letzten paar Kilometer in diesem steilen und unwegsamen Gelände.

Als ich endlich über eine kleine Steinbrücke Molinaseca erreichte, fühlte ich mich wie ein Krieger, der von einer gewonnenen Schlacht zurückkam, fand den Geldautomaten und quartierte mich wie einst Kerkeling ins erste Haus am Platz ein. Es war ein ziemlich neues und sehr modernes Hotel, das in dieser Lage und zu dieser Jahreszeit fast leer stand. Ich gab alle Kleider, die ich heute getragen hatte, an der Rezeption ab, um sie waschen zu lassen, beheizte mein Zimmer auf tropische Temperaturen und genoss eine warme Dusche, in der man sogar einstellen konnte, aus welcher Richtung das Wasser kam, bevor ich mich ausruhte. Vom Bett aus konnte ich durch die riesigen Fenster auf die Straße davor sehen. Immer wieder kamen Pilger vorbei. Einer von ihnen war wieder der englische Pilger, der motivierten Schrittes vorbeiging. Nachdem ich für zwei Stunden eingeschlafen war, rauchte ich am frühen Abend an der Hotelbar verbotenerweise mit dem Hoteldirektor eine Zigarette, der mich nur bat, sie auszudämpfen, falls jemand hereinkäme. Er erzählte mir, dass die Küche heute geschlossen bliebe, da der Koch frei hatte, und ich machte mich auf den Weg in den Ortskern, um ein nettes Restaurant zu suchen. Ich wurde fündig und trank mit dem besten Wein des Hauses auf die bis jetzt mit Abstand schwierigste absolvierte Etappe, auf die abgelegte Bürde und meine Familie. Ich war erleichtert und trotz des harten Tages und einer leichten Augenentzündung wegen des Sturms zum Feiern aufgelegt. Wie es der Zufall wollte, konnte ich nicht überhören, dass zwei Tische weiter ein älteres steirisches Pilgerpaar saß. Es war ein Ehepaar aus Gleisdorf. Wir hatten einen angenehmen Abend und die Zeit verging wie im Flug, als wir über unsere Erlebnisse und Erfahrungen am Camino und über viele weitere Themen plauderten.

Tag 26, von Molinaseca nach Villafranca del Bierzo

Mit frisch gewaschenen Klamotten brach ich bei schönem Wetter Richtung Ponferrada auf. Die Wolken verdichteten sich aber bald wieder, und als ich nach fünf Kilometern schließlich Ponferrada erreichte, setzte auch der Regen wieder ein. In einer der zahlreichen Apotheken holte ich mir Nachschub, um den ständigen Voltarenhunger meiner Knie weiter stillen zu können, und pausierte in einer Bar mit der Hoffnung, im Trockenen weiterzugehen zu können. Die Hoffnung wurde zwar nicht ganz erfüllt, aber wenigstens hatte der Regen etwas nachgelassen.

Der Weg durch die Stadt war schlecht bis kaum beschildert und ich hatte auch keine Ahnung, in welche Richtung ich gehen musste, um wieder auf den Camino zu kommen. Zufälligerweise waren in der Bar auch zwei Polizisten, die mir gerne weiterhalfen und mir den Weg so gut es ging beschrieben. Unterwegs traf ich auch immer wieder auf andere Pilger, die fragend herumschauten. Ab einer Kreuzung schloss sich mir für kurze Zeit eine ältere deutsche Pilgerin an, da auch sie überhaupt keinen Plan hatte, ob wir auf dem Camino waren, und wenn nicht, in welcher Richtung er lag. Ich erzählte ihr, dass ich die Richtung von zwei Polizisten erfahren habe, und blieb dieser konsequent treu, obwohl die deutsche Pilgerin von einem heimischen Spaziergänger andere Informationen bekommen hatte – glaubte sie zumindest, denn sie hatte ja kein Wort seiner Beschreibung verstanden. Wir kamen also in ein eher unbelebtes Wohnviertel am Rande der Stadt, worauf meine kurze Bekanntschaft lieber wieder umkehrte und ich alleine weiterging. Sie konnte sich einfach nicht vorstellen, dass der Jakobsweg durch so einen Stadtteil führte. Ich vertraute den Polizisten, fühlte mich absolut sicher und stark, kostete das Gefühl aus und dachte mir: „So falsch kann ich gar nicht liegen. Und selbst wenn, ich bin ungefähr 800 Kilometer unterwegs und da kommt es auf die paar Kilometer auch nicht mehr an." Keine 200 Meter später war wieder eine Markierung, ein gelber Pfeil, zu sehen, der mir zeigte, am richtigen Weg zu sein, und mein Vertrauen bestätigte sich, was ein tolles Gefühl war. Ich fand es nur etwas schade für meine kurzzeitige Begleitung, die wahrscheinlich noch eine Zeit lang in der Stadt umherirrte.

Der Weg führte mich weiter durch kleinere Vororte, bis er endlich wieder etwas abgelegener wurde und durch Weinfelder verlief. Mit der Zeit war der Weg immer stärker durch Weinreben geprägt und fast alle Hügel in der Umgebung waren damit bepflanzt. Inzwischen hörte es wieder auf zu regnen und die Sonne lächelte stellenweise durch die Wolkendecke. Im Hintergrund zeichneten sich wieder verschneite Berge ab, Berge, denen ich mich großen Schrittes näherte. Es war ein faszinierender und unwirklicher Ausblick, den ich wieder mal genießen durfte. Nach einer ausgiebigen Siesta in einem Restaurant in Cacabelos erreichte ich am späten Nachmittag Villafranca del Bierzo, hatte somit schon wieder an die 30 Kilometer zurückgelegt und befand mich mittlerweile schon fast am Fuße der Berge vor mir. Ich überlegte, ob ich hier für heute Halt machen oder noch zum nächsten Ort weitergehen sollte, als mir im Ortskern Villafrancas plötzlich Elke über den Weg lief. Ich hatte sie das letzte Mal vor ungefähr zweiein-

Eine Kapelle kurz nach Ponferrada

halb Wochen vor Logroño gesehen, dachte, dass sie schon viel weiter wäre und ich sie wie alle anderen von „damals!" nie mehr sehen würde. Dementsprechend groß war die Freude über unser Wiedersehen. Sie spazierte durch Villafranca in Begleitung eines anderen sympathischen deutschen Pilgers – Helmut.

Wir gingen sofort in die nächste Bar, um gemeinsam einen zu trinken, da wir uns so viel zu erzählen hatten. Ich erzählte also von meinen zahlreichen körperlichen Problemen, die ich mehr oder weniger in den Griff bekommen habe, und wie ich es trotzdem bis hierher geschafft und sie sogar wieder eingeholt habe. Elke konnte es kaum glauben, dass ich inzwischen nicht mal den Bus genommen habe, und war ganz erfreut, dass wir uns wiedersahen. Sie hat mich total unterschätzt und dachte, dass ich schon längst wieder zu Hause wäre. Sie meinte, dass ich bei ihnen in der Herberge schlafen sollte, die wieder einen halben Kilometer zurücklag, und Basti auch da sei. Ich über-

legte kurz und lehnte doch ab. Ich wollte nicht mehr zurückgehen, eher noch ein Stück weiter. Ihr morgiges Etappenziel
war La Faba, wo wir uns wiedersehen könnten, falls es auch
meines sein sollte.

Da es schon ziemlich spät war, ging ich nur mehr einen
halben Kilometer weiter zum Ortsende über eine Brücke, wo
eine größere Pension stand und ich ein winziges Einzelzimmer
bekam.

Zufälligerweise war genau in derselben Pension auch der
ältere englische Pilger, der mir seit Hospital de Orbigo immer
wieder über den Weg lief. Beim Abendessen saß er einen Tisch
hinter mir. Im Fernseher lief wieder ein Champions-League-
Spiel, das wir uns gemeinsam ansahen. Er war knapp 70 Jahre
alt, hatte seine eigene Firma und keine Lust, mit dem Arbeiten
aufzuhören, da es ihm einfach Freude bereitete. Als wir über
das Leben plauderten, wurde das Spiel zur Nebensache. Er hat
vor mehreren Jahrzehnten mit dem Rauchen aufgehört, um
einmal seine Enkelkinder kennenzulernen, und gab mir denselben Tipp, was ich für das Ende meiner Reise auch vorhatte.

Er musste auch erst seinen Weg finden. Er hat es geschafft,
indem er seinen Engel und seinen Teufel verheiratete. Das war
sein Schlüssel zur Ausgeglichenheit und Stärke. Ich interpretierte
das so, dass er nicht mehr so sehr in schwarz und weiß dachte,
versuchte, nicht zu bewerten, sondern zu akzeptieren und zu
vergeben.

Durch den britischen Akzent und sein dezent nobles Auf-
treten kam er mir vor wie ein englischer Sir. Er lud mich auf
noch ein Glas Rotwein ein, bevor wir uns, leicht angeheitert,
für die Nacht verabschiedeten.

Tag 27, von Villafranca del Bierzo nach La Faba

Bei strömendem Regen startete ich gegen neun Uhr. Die meiste Zeit ging es leicht bergauf, was für mich bei dem Wetter wieder sehr anstrengend war. Die Luft stand unter meinem Poncho und in kürzester Zeit war mein Oberkörper wieder schweißdurchtränkt. Doch die regennassen Hosenbeine klebten manchmal an den Schienbeinen fest, weshalb die Beine fast erfroren. Nicht mal meine Wanderstiefel hielten dem Dauerregen stand und es fühlte sich an, als ob ich barfuß auf nassen Schwämmen watete. Nach neun Kilometern machte ich in Trabadelo einen kurzen Halt, um meinen Flüssigkeitsspiegel mit zwei Tees auf Stand zu halten. Da es wieder sehr unangenehm und kühl war, so durchnässt zu sitzen, habe ich beschlossen, dass es meine einzige Pause bleiben sollte. Der Weg wurde langsam, aber stetig steiler. Ungefähr zwei Kilometer vor La Faba standen plötzlich zwei Wegweiser neben der Straße. Einer für die Pilger zu Fuß, der einen Trampelpfad in den Wald markierte, und ein zweiter für die Pilger per Fahrrad, die auf der Straße bleiben sollten, die bis nach La Faba führte. Ich machte mir natürlich keine Gedanken und wählte brav, wie beschildert, den Trampelpfad. Zuerst ging es ein Stück sehr steil bergab. Der Untergrund war durch den stundenlangen Regen schon so aufgeweicht, dass ich das Gefühl hatte, meine Schuhe könnten im Matsch stecken bleiben. Danach ging es jedoch wieder sehr steil in Serpentinen nach oben. Der Pfad war fürchterlich schlammig und rutschig, gespickt mit Steinen und Felsen. Ich musste höllisch aufpassen, nicht auszurutschen. Nach jeder Kehre konnte ich hinauf sehen, dass noch eine folgen sollte, vier, fünf Mal. Ich war müde, ziemlich am Ende meiner Kräfte und fluchte, dass hinter der nächsten Kehre noch immer nichts von La Faba zu sehen war. Endlich, nach über einer halben Stunde, die gefühlt wie zwei Stunden war, habe ich das Bauerndorf erreicht. Es war zwar erst früh am Nachmittag, aber ich war am Ende meiner Kräfte und der Ehrgeiz, weiterzukommen, war gebrochen. Ich suchte auf schnellstem Wege die Herberge, die von einem schwäbischen Verein geführt wurde, auf, da es im 31-Seelen-Dorf LaFaba keine anderen Schlafmöglichkeiten gab. Basti war schon in der Herberge, Elke und Helmut waren noch unterwegs. Wir haben uns über das Wiedersehen nach so vielen Kilometern gefreut und erzählten, wie es uns dabei ergangen ist. Der Kontakt war aber nicht mehr derselbe wie zu unserer letzten Begegnung, da er anscheinend sehr von seinen beiden kanadischen Mitpilgerinnen angetan war, mit denen er sich schon zuvor zusammengeschlossen hatte. Später tauchten dann Elke und Helmut auf, die in dem großen Schlafsaal das Stockbett neben mir belegten. Es wurde wieder spürbar voller am Camino, je näher ich Santiago kam. Am Abend war der Schlafsaal mit über 20 Stockbetten fast voll und dementsprechend wenig Platz vorhanden, um die Kleider zu trocknen. Ich war nicht besonders gut drauf und war enttäuscht, dass es mir das Wetter heute so schwer gemacht hat und ich ursprünglich weiterkommen wollte.

Ich ging in die kleine Bar des Dorfes, um etwas zu trinken. Sie hatte anscheinend erst kurz vorher geöffnet, da ich der einzige Gast war und noch Getränke geliefert wurden. Kurz danach kamen zwei irische Frauen herein, mit denen ich ins Gespräch kam. Sie bestellten sich Whiskey und luden mich ein, mit ihnen vor dem offenen Kamin Platz zu nehmen. Später zum Abendessen setzten wir uns an einen großen Tisch mit mehreren Pilgern, die inzwischen von der Herberge gekommen waren. Es wurde ein richtig heiter-gemütlicher Abend mit viel Wein und interessanten Themen. Neben mir saß ein deutscher Pilger, den ich zuvor in der Herberge kennengelernt hatte. Er hieß Sven und lebte in Aachen. Wegen eines Champion-League-Spiels mit dem FC Bayern war die Bar mittlerweile bis auf den letzten Platz voll und die Stimmung glich ein wenig der im Stadion. Als wir uns beim Bezahlen über die niedrige Rechnung wunderten, haben wir erst erfahren, dass die Flasche Wein sage und schreibe nur einen Euro kostete, wonach wir uns zum Abschluss noch schnell eine weitere bestellten.

Leider mussten wir spätestens um 22 Uhr in der Herberge sein und machten uns als Letzte schnell auf den Rückweg, bevor die Türe abgesperrt worden wäre.

Tag 28, von La Faba nach Triacastela

Es hat in der Nacht aufgehört zu regnen. Bei Temperaturen unter dem Gefrierpunkt setzte ich den Aufstieg zum El Cebrero fort. Wenige Höhenmeter später erreichte ich die Schneegrenze und stapfte durch den knirschenden Neuschnee.

Die Aussicht war überwältigend, die Luft glasklar und rein. Endlich kam ich am letzten Grenzstein meiner Reise vorbei und war somit in der autonomen Region Galicien, während es zu schneien begann. Der Pfad war teilweise wieder sehr steil,

Saftiges Grün kurz vor der Schneelandschaft

felsig und schlammig. Als ich kurz darauf das Dorf O Cebreiro erreichte, das den höchsten Punkt des Aufstieges markierte, erzählte mir ein deutscher Pilger, dass er letztes Jahr um die gleiche Jahreszeit hier gewesensei. Wir standen vor einer schneebedeckten dunklen Steinbank, auf der er voriges Jahr kurzärmlig gesessen hatte und zur inneren Kühlung Bier trank. Heute hätte man den Schnee abputzen müssen und bräuchte heißen Glühwein statt kühlen Bieres. Nach dem kurzen historischen Gedankenausflug entschied ich mich nicht für Glühwein, sondern für Tee in einer Bar wenige Meter weiter. O Cebreiro lag an einer Passstraße, die laut Wanderführer in die gleiche Richtung führte wie der Jakobsweg. Um nach der Pause nicht weiter über Stock und Stein gehen zu müssen, habe ich beschlossen, die Straße zu nehmen.

Der Grenzstein zur autonomen Region Galicien

Das verschneite O Cebreiro

Als ich wieder aufbrach und Richtung Straße ging, hörte ich von einem Hügel zu meiner Linken eine bekannte Stimme rufen: „Guten Morgen, Robert!" Es war Sven, der gut gelaunt dort oben stand und mir sagte, dass der Camino da oben weiterführe. Ich wollte trotzdem die Straße nehmen und wir meinten, dass wir uns später über den Weg laufen würden, wenn Straße und Pfad wieder zusammenkommen würden. Das war aber entgegen meinen Erwartungen erst nach über drei Kilometern der Fall und wir trafen uns nicht mehr. Bergab und -auf wechselten sich ständig ab und ich wurde immer wieder von starkem Schneefall begleitet. Abgesehen von der körperlichen Herausforderung war die alpine Landschaft sehr schön. Manche Hügel waren komplett mit violetten Büschen überzogen, was ein unwirkliches Farbenspiel ergab. Nach ca. acht Kilometern auf und ab ging es von der Passhöhe, dem Alto do Poio, endgültig über 600 Höhenmeter abwärts, was wieder eine Tortur für die Knie darstellte. Das Wetter wurde besser und bald kam ich unter die Schneegrenze, wo die

Temperaturen wieder erträglich wurden. Unterwegs traf ich dann doch noch Sven, der am Wegesrand saß, weil ihm sein rechter Fuß große Probleme bereitete. Ich wartete ein wenig und er humpelte ein Stück mit mir mit, bis er seinen Schuh noch mal ausziehen musste und meinte, dass ich nicht auf ihn zu warten bräuchte. So absolvierte ich den letzten Abstieg bis nach Triacastela wieder alleine und genoss dabei den Ausblick auf das grüne Galicien. Ich nahm mir ein Zimmer in einer kleinen Pension, in der ich auch meinen Rückflug über das Internet buchen konnte, da für mich langsam abschätzbar wurde, wie viel Zeit ich noch bis Santiago brauchen würde, und rechnete drei, vier Tage mehr ein. Ich spekulierte damit, bei weiterhin gutem Tempo sogar bis zum Kap Finisterre gehen zu können in dieser Zeit. Ich war froh und stolz, die größten An- und Abstiege hinter mich gebracht zu haben, und konnte Santiago schon förmlich riechen. Nun war ich mir sicher, dass mich nichts mehr würde aufhalten können.

Krasser Gegensatz zur Winterlandschaft kurz zuvor.
Ein typischer Hohlweg im grünen Galicien

Tag 29, von Triacastela nach Portomarín

Nach einem kleinen Frühstück in der Pension startete ich in einen wunderschönen, jedoch abermals klirrend kalten Morgen. Die Wiesen waren bereift, es war wolkenlos und nahezu windstill. Hinter einem Hügel ging die Sonne auf und je wärmer es wurde, umso schneller konnte und wollte ich gehen. Der Weg führte wieder über Stock und Stein und ging so gut wie immer auf- oder abwärts.

Endlich war es wieder mal möglich, kurzärmlig zu wandern. Bis auf die Abwärtspassagen kam ich gut voran und es bereitete mir Freude, so kurz vor dem Ziel mitten durch die herrliche Landschaft Galiciens wandern zu dürfen. Wegen meiner etwas überschwänglichen Motivation machte ich erst nach ungefähr 22 Kilometern Pause, aß zu Mittag und hielt eine Stunde Siesta.

Spanischer Humor? 50km/h hätte ich
hier gerne jemanden fahren gesehen!

Weiter ging es durch zahlreiche Weiden und Hohlwege, welche gesäumt waren von uralten, dicken Bäumen. Binnen Minuten zog ein heftiger Regenschauer auf. Also vollzog ich einen flotten Schuhwechsel von den Sportschuhen auf die Wanderschuhe, zog den Poncho über und erreichte einen halben Kilometer später ein Bauerndorf namens Morgade. Mit seinen gezählten fünf ständigen Einwohnern verfügte Morgade aber auch über eine Herberge mit einer Bar. Da ich durstig war und den Regen abwarten wollte, kehrte ich also ein. Ich war schon an die 30 Kilometer unterwegs, fühlte mich aber noch so weit fit und dachte keinen Moment daran, meine Zelte für die Nacht schon hier aufzuschlagen. Nach einer Unterhaltung mit einem netten älteren Ehepaar aus Slowenien hörte es tatsächlich auf zu regnen, die Sonne kam wieder zum Vorschein und ich machte mich erneut auf den Weg. Unterwegs holte ich eine alte, fast gebrechliche Frau, die einen kleinen Rucksack bei sich hatte, ein. Sie kam kaum vorwärts und ließ sich vor mir auf einen großen Stein am Wegrand nieder, um sich auszuruhen. Ich wollte schon fragen, ob ich ihr helfen soll, nach Hause zu kommen, da ich dachte, sie wäre eine Einwohnerin eines umliegenden Dorfes. Erst später habe ich von anderen Pilgern erfahren, dass die Frau über 80 Jahre alt und eine Pilgerin war. Sie ging seit Jahrzehnten jährlich die letzten 100 Kilometer nach Santiago, und als sie spät abends die Herberge erreicht hatte, sollen alle übrigen Pilger dort lautstark aus Respekt vor ihrer Leistung geklatscht haben.

Über Almwege, durch Wälder und über unbefahrene Straßen kam ich nach Portomarín und habe somit eine Distanz von 41 Kilometern zurückgelegt. Nie zuvor hätte ich mir vorstellen können, so weit an einem Tag zu kommen, und das fast problemlos. Die Betonung liegt allerdings auf dem Wort fast, denn die letzten zwei Kilometer waren dann doch etwas zu viel für mein rechtes Knie. Der letzte Kilometer war zu viel für meinen Hintern, der durch die Unterhose wund gerieben

Zweistellig! Keine 100 Kilometer mehr bis Santiago.

Mystische Stimmung beim Gang durch den Wald.

wurde, sodass sich die Leute in Portomarín wahrscheinlich über meinen eigenartigen Gang wunderten.

Nach fast elf Stunden unterwegs war es schon Abend, als ich ein Zimmer in einer Pension nahm und mit vor Stolz geschwellter Brust essen ging. Es war ein überaus positiver Tag, an dem ich es geschafft habe, nicht über meine Vergangenheit nachzudenken, sondern voll und ganz den Moment leben konnte und inneren Frieden spürte.

Tag 30, von Portomarín nach Palas de Rei

Nachdem es in der Nacht wieder geregnet hatte, war es am Morgen sehr neblig. Wie allmorgendlich versorgte ich vor Aufbruch meinen Körper mit Hirschtalg, Wundcremes usw. und ging starr wie Pinoccio los. Die lange Distanz vom Vortag hatte offensichtlich ihre Spuren hinterlassen. Noch dazu kam, dass ich wieder auf meinen wunden Hintern aufpassen musste, und so verließ ich Portomarín breitbeinig und sehr langsam. Trotzdem war es ein Genuss, durch die nebelbehangenen Wälder zu wandern. Die Ruhe war überwältigend und die nebelfeuchten Spinnweben in den Bäumen und Sträuchern erzeugten eine fast gespenstische Atmosphäre.

Nach einigen Kilometern während des Anstiegs nach Hospital da Cruz kam am späten Vormittag die Sonne zum Vorschein und präsentierte einen lauen und fast wolkenlosen Tag. Trotzdem konnte ich nicht so richtig auf Touren kommen. Ich rechnete ständig nach, wie weit ich jeden Tag gehen müsste, um bis nach Finisterre zu kommen, in dem schmalen Zeitfenster bis zu meinem Heimflug.

Ich rechnete einen weiteren Tag für die Busfahrt zurück nach Santiago ein, um am nächsten Tag stressfrei und rechtzeitig am Flughafen zu sein. Es wären ungefähr 30 Kilometer täglich gewesen.

Friedlich und doch gespenstisch!

Es war toll, nur die Konturen der Natur in der Ferne zu erkennen.

Ich hielt es für machbar, war aber heute so gar nicht für 30 Kilometer aufgelegt.

Am Nachmittag, kurz vor Palas de Rei, begann es wieder zu tröpfeln. Ich hatte inzwischen 25 Kilometer hinter mich gebracht und wollte mich in einer Bar für die letzten sechs, sieben Kilometer stärken. Ich war durstig und bestellte mir gleich ein Wasser, Fanta und Bier. Ich beobachtete die anderen Pilger, die gut gelaunt, schon frisch geduscht und umgezogen zum Essen hereinkamen.

Eine Frau fotografierte das Essen, was ich etwas befremdlich fand, und ich fragte mich, wozu. Ich kam zum Schluss, dass es nur zwei Möglichkeiten gab. Entweder wollte sie den alten, mit Mustern kitschig verschnörkelten Teller oder den lieblos draufgeschmissenen Fraß festhalten. Ich fragte mich, ob sie das auch macht, wenn das Essen wieder rauskommt. Man könnte ja einen Vorher-Nachher-Vergleich anstellen und wäre erschrocken, dass nicht viel Unterschied zu erkennen sei.

Draußen hatte der Himmel inzwischen seine Schleusen komplett geöffnet, was meine Motivation weiter eintrübte. Ich hätte doch besser einen Tee bestellen sollen, denn mit jedem weiteren Schluck von meinen Kaltgetränken wurde mir auch kälter. Ich saß alleine und durch die Kälte zusammengekauert an einem Tisch und war in Gedanken verloren. Mit jeder Minute wurde ich immer müder. Ich begann zu überlegen, wie es, oder besser gesagt, ob ich weitergehen sollte. Plötzlich, von der einen Sekunde auf die andere, war es ganz klar. Mir wurde bewusst, dass es ein großer Fehler gewesen wäre, Santiago links liegen zu lassen und bis nach Finisterre weiterzurasen. Mir wurde klar, dass das nicht ich, sondern mein Ego wollte, und dass ich deswegen nicht hier war.

Ich war nicht hier, um jemandem, mich eingeschlossen, etwas zu beweisen.

Ich musste an Roland denken, als er gesagt hat, dass ich den Camino als Geschenk sehen soll.

Nun sah ich ein Geschenk darin. Ein Geschenk, das ich genießen wollte, und nicht, um angeben zu können mit meiner

Leistung. Ich war mitten im grünen Galicien und wollte einen der schönsten Abschnitte am Camino auf mich wirken lassen. Außerdem wollte ich die Zeit haben, um auch geistig in Santiago anzukommen und es sacken zu lassen.

Ich war froh über diese Entscheidung, die ein weiterer Schritt zu mir war. Eine große Last ist von meinen Schultern gefallen und meine Stimmung änderte sich im Moment.

Die gesichtslose Stadt Palas de Rei war ein Musterbeispiel für eine unsensible Stadtplanung.

Ich fand ein günstiges Einzelzimmer in einer Absteige und freute mich einfach auf den Rest meiner Reise. Meine Zimmernachbarn haben sich stöhnenderweise auch gefreut – mehrere Male.

Nach einer heißen Dusche ging ich in eine andere Bar, um auf ein gutes Ende meiner Reise zu trinken.

Als ich die Bar betrat, wunderte ich mich, dass das ältere deutsche Ehepaar, das mir bei meinem kleinen Irrweg kurz nach Azofra folgte und in derselben Pension in Belorado schlief, auch schon hier war. Immerhin bin ich die letzten Tage ca. 440 Kilometer weit gegangen. Sie luden mich ein, an ihrem Tisch Platz zu nehmen, was ich gerne annahm. Wir haben uns bis in die Nacht über Gott und die Welt unterhalten, was sehr amüsant war. Sie haben natürlich ein paar Mal den Bus genommen, aber gemeinsam waren sie schon 150 Jahre alt und haben trotzdem so eine anstrengende Reise auf sich genommen, was ich sehr respektierte. Besonders, nachdem ich erfahren habe, dass es sich um die Reise zu ihrer goldenen Hochzeit handelte. Er hatte eine schwere Knieoperation und gesagt, wenn er wieder schmerzfrei gehen könne, dann wolle er den Jakobsweg gehen. Das war aber bald wieder vergessen. Für die Hochzeitsreise tendierten sie eher zu einem gemütlichen Urlaub in Südspanien, als er sich eines Tages erinnerte und plötzlich während des Spazierens sagte: „Und wir gehen doch den Jakobsweg!"

Tag 31, von Palas de Rei nach Arzúa

Ich ging es gemütlich an und kam etwas später als sonst los. Nach dem Regen von gestern war es wieder neblig, dafür windstill. Also raus aus der hässlichen Stadt und hinein in die traumhaften Hohlwege und Wälder. Die Konturen der vielen alten und dicken Bäume, die teilweise mit allen möglichen „Schlengelpflanzen" behangen waren, konnte man wieder langsam durch den Nebel deutlicher erkennen. Immer öfter mischten sich Eukalyptus- bäume dazwischen, deren Rinden sich streifenweise von den Stämmen schälten. Es wirkte auf mich ein wenig, als ob ich in einem Regenwald wäre, nur eben ohne die gefährlichen Tiere. Es hat sich ausgezahlt, dass ich etwas später losmarschierte, denn den restlichen Vormittag war ich fast immer alleine unterwegs, weswegen ich mich uneingeschränkt auf die Natur konzent- rieren konnte. Es herrschte Stille. Ich konnte nur die Tropfen von den nassen Bäumen auf den Boden prasseln und darüber die Vögel zwitschern hören.

Die Wälder strahlten etwas Mystisches und Friedliches aus. Ich ging ganz ohne Druck und Tagesziel, genoss es einfach und konnte die friedliche Stimmung aufsaugen wie ein Schwamm. Es war, als ob der Wald mich so mochte, wie ich ihn, und er mir für meinen Respekt etwas zurückgeben wollte. Vollkommene Zufriedenheit kehrte in mir ein. Ich philosophierte über meinen Jakobsweg, erinnerte mich an viele Szenen, in denen ich mich sehr schwergetan habe, und fand, dass mir der Camino wahr- scheinlich genau das Richtige abverlangt hat, um mich persön- lich weiterentwickeln zu können.

Ich war mir jetzt schon sicher, dass es das Beste war, das ich mir selbst antun konnte. Ich bin bestimmt ein ganzes Stück näher zu mir selbst gerückt, sonst hätte ich es wahrscheinlich nicht bis hierher geschafft. Ich fühlte mich viel stärker und mutiger als bei meiner Anreise und musste Kerkeling mit einem Satz in seinem Buch recht geben, nämlich, dass der Camino jedem diese eine Frage stellt: Wer bist du?

Obligatorisches Foto in Galicien: einer der vielen Getreidespeicher

Langsam lichtete sich der Nebel und die Sonne kam zum Vorschein. Es war ein traumhafter Vormittag. Zuerst bei dieser friedlichen Stimmung durch die nebligen Wälder gehen zu dürfen, um anschließend bei strahlend blauem Himmel weiterzuwandern, war unglaublich. Ich hätte die Welt umarmen können.

Als ich an einem kleinen Dorf vorbeikam, genehmigte ich mir ein verspätetes Frühstück bei einer Bar, vor der ich im Freien sitzen und die warmen Sonnenstrahlen genießen konnte.

Zu Mittag erreichte ich die Kleinstadt Melide. Die Stadt platzte fast aus allen Nähten. Auf der Zufahrtsstraße standen die Autos im Stau. Im Stadtkern waren die Straßen und Gehsteige überfüllt mit Menschen. Es gab einen großen Flohmarkt. Dazwischen verkauften die Bauern ihre Waren direkt von den Pritschenwägen. Direkt neben der kleinen Kirche stand eine große Palme. Es war die erste Palme, die ich in Spanien sah. Ich suchte ein Schnellrestaurant auf, um Mittagspause zu machen. Vom Radio konnte ich spanische Tanzmusik hören und mit der Aussicht auf das geschäftige Treiben und der Palme vor der Kirche im Hintergrund fühlte ich mich, wie in ein fernes Land versetzt, möglicherweise Kuba. Es verbreitete einfach gute Laune, Urlaubsstimmung. Als ich weitergehen wollte, war auf der Straße ein Aufmarsch, begleitet von galicischer Dudelsackmusik, unterwegs. Fast jedes Kind hatte einen Luftballon bekommen. Durch die Menschenmassen war mit dem dicken Rucksack fast kein Weiterkommen möglich. Während ich es doch irgendwie geschafft habe, aus der größten Menschenansammlung rauszukommen, zog sich der Himmel zügig mit dichten, grauen Wolken zu, und als ich den hinteren Stadtrand erreichte, begann es ohne Vorwarnung zu hageln. Ich zog schnell meinen Poncho über und wartete den ärgsten Schauer ab. Nach einer Viertelstunde war der Spuk auch wieder vorbei. In der Wiese waren die Hagelkörner noch eine Zeit lang zu sehen, was aussah, als ob es soeben geschneit hätte. Langsam klarte es wieder auf. Nach ein paar Kilometern stoppte ich ein weiteres Mal, um etwas zu trinken. Währenddessen konnte ich beobachten, wie der Himmel wieder zuzog, sodass ich lieber gleich auf meine Wanderschuhe wechselte.

Keine 15 Minuten später regnete es dann tatsächlich. Diesmal war es kein kurzer Schauer, sondern der Regen begleitete mich, bis ich zwei Stunden später Arzúa erreichte und mir dort ein Zimmer in einer renovierten Pension nahm. Viele Gedanken schossen mir durch den Kopf. Ich machte mir auch Gedanken, was mir noch passieren könnte, um Santiago doch nicht zu Fuß erreichen zu können.

Ich glaube, ich konnte es einfach nicht fassen, dass ich mit meinem Camino fast am Ende war und von den ca. 800 Kilometern nur mehr 40 vor mir hatte. Ich schreibe bewusst vom Ende und nicht von Ziel, da ich nun, spät, aber doch, verstanden habe, dass der Weg das Ziel ist.

Ich schaffte es aber, die lächerlichen Gedanken nicht ernst zu nehmen, und freute mich auf meine letzten zwei Tage „on

… Morgennebel beim Gang durch die nassen Wälder Galiciens …

my way", den Aufenthalt in Santiago und meinen geplanten Ausflug zum Kap Finisterre.

Tag 32, von Arzúa nach Pedrouzo

Nun drängte mich absolut nichts mehr und ich ließ mir ganz bewusst viel Zeit, da ich wusste, dass die meisten Pilger sehr früh aufbrachen und ich so eher alleine unterwegs sein konnte. Gleich nach Arzúa waren wieder traumhaft schöne Wälder, die immer dichter von Eukalyptusbäumen bewachsen waren, zu durchqueren. Unterwegs stieß ich auf Maria und Franz, das slowenische Ehepaar, mit denen ich mich bei meiner Pause kurz vor Portomarín unterhalten hatte. Wir gingen ein kurzes Stück gemeinsam, bis unser Gespräch unterbrochen wurde, als wir auf eine geführte Reisegruppe von 43 Kärntnern auf-

Meute, bestehend aus 43 geführten, kärntnerischen Pilgern

liefen. Auch so was gibt es am Camino. Die Schlusslichter, die die „Herde" zusammenhielten, waren ganz begeistert, auf einen Steirer zu treffen.

Die Unterhaltung mit den netten „Nachbarn" war zwar eine willkommene Abwechslung, aber in der Reisegruppe waren auch viele Senioren dabei und die Gruppe war dementsprechend langsam unterwegs. Ich wollte aber wieder mein Tempo aufnehmen, den Weg durch den Wald genießen und bahnte mir den Weg durch die Meute. Die vorderen Pilger, die nichts von mir mitbekommen hatten, grüßten mich brav wie gelernt mit einem „buon camino!", worauf ich mit meinem Steirisch antwortete: „jo, des sogt's ihr, i sog hoit griaß eich!" und hatte die Lacher auf meiner Seite.

Alleine und in Ruhe durch dieses tolle Stück Natur zu wandern, gefiel mir besser. Trotzdem wollte ich den ganzen Tag nicht richtig in Schuss kommen. Das Wetter war wieder sehr unbeständig, es regnete über weite Teile und es fühlte sich einfach anstrengend an. Vielleicht habe ich meinen Körper unbewusst auch schon zurückgefahren, da mir der morgige Einmarsch in Santiago gewiss erschien.

Der Ehrgeiz hatte sich schon lange verabschiedet und die vielen Pilger, auf die ich unterwegs auflief, nahmen mir ein kleines Stück vom Genuss. Es war kaum mehr möglich, mehrere Kilometer wirklich alleine zu sein. Es gab fast keine Pilger mehr, die wie ich von St. Jean aus gestartet waren. Die meisten Pilger waren wieder Spanier, die über das verlängerte Wochenende die letzten 100 Kilometer pilgerten und deren Stärke nicht unbedingt in der Ruhe lag.

Nach über 20 Kilometern habe ich beschlossen, dass es genug wäre und die Nacht in Pedrouzo zu verbringen. In meiner Pension am Ortsanfang konnte ich über das Internet meinen Kontostand checken und buchte gleich ein günstiges Zimmer für die nächsten zwei Nächte in der Altstadt von Santiago,

Eukalyptus, so weit das Auge reicht.

als ich Sven an der Theke stehen sah. Er wollte in der Herberge schlafen, die wenige Meter davor lag. Sie war aber schon voll, er war müde, wollte nicht mehr weitergehen und somit war die Pension seine Alternative. Er checkte ein und wir gingen in eine andere Bar, um einen zu trinken. Ich wollte zwar strikt einen alkoholfreien Tag verbringen, gab Sven aber recht, als er meinte, dass wir uns vielleicht nie mehr wiedersehen würden und den Moment nutzen sollten. Während der drei, vier weiteren großen Kaltgetränke nach dem Reinheitsgebot hatten wir ein sehr persönliches Gespräch und wir tauschten unsere Handynummern aus, um in Santiago gemeinsam feiern zu können. Er hatte auch Kontakt zu dem irischen Paar Kate und Anita, mit denen wir in der Bar in La Faba einen feuchtfröhlichen Abend verbrachten.

Wir gingen früh schlafen, um fit in Santiago anzukommen. Es fühlte sich total unwirklich an, nur mehr einen Tag von Santiago entfernt zu sein. Ich konnte kaum glauben, dass dann der Pilgeralltag, an den ich mich schon so gewöhnt habe, zu Ende sein soll. Ich konnte mir nicht vorstellen, wie ich mich fühlen würde, wenn ich tatsächlich vor der Kathedrale stünde. Gemischte Gefühle beherrschten mich.

Tag 33, von Pedrouzo nach Santiago de Compostela

Nachdem ich länger nicht einschlafen konnte, wachte ich erst um ca. 7:30 auf und spulte zum letzten Mal das obligate Morgenprogramm ab. Gut, dass ich gleich aufgestanden bin, denn um kurz nach acht kam der Room-Service, machte mir Zeitdruck und wollte mich fast aus dem Zimmer werfen. Ich glaubte zu träumen und machte der guten Dame klar, was ich davon hielt, und ließ mir noch mal extra Zeit. Als ich dann doch fertig war, wollte ich mich an der Rezeption beschweren. Die Putze hatte Glück, denn die Rezeption war in der Bar im Nebeneingang und diese war noch geschlossen. Ich beruhigte mich auch so gleich wieder und freute mich auf meinen letzten Tag in Pilgerschaft.

Bei dem Gedanken daran, dass es die letzten 20 Kilometer waren, die vor mir lagen, und ich heute Santiago erreichen würde, hatte ich ein eigenartiges Gefühl. Trotzdem versuchte ich es, wie die letzten Tage wieder voll auszukosten, was mir schwerfiel. Ich war schon zu aufgeregt und voller Vorfreude auf den Moment, endlich vor der Kathedrale zu stehen.

Es ging wieder häufig auf- und abwärts und ein Eukalyptuswald löste den anderen ab. Für einen kurzen Moment konnte ich den Duft von Eukalyptus sogar riechen. Zwischendurch in den Siedlungsgebieten konnte man nun immer öfter Palmen sehen und ich hoffte immer noch, endlich auch mal die spanischen Temperaturen zu spüren, wie ich sie in meiner Vorstellung hatte.

Langsam wird es Zeit, sich vom Wald wieder zu verabschieden …

… aber nicht ohne diesen letzten Schnappschuss!

Nach einer Frühstückspause in einer von Pilgern völlig über-
füllten Bar konnte ich keine Wegweiser finden und wusste auch
nicht, in welche Richtung die vorigen Pilger gegangen waren.
Es gab zwei Möglichkeiten und ich habe mich für rechts der
Straße entlang entschieden. Nach mehreren Hundert Metern
konnte ich noch immer keine weiteren Pilger sehen, weder vor
noch hinter mir. Nach einem knappen Kilometer kam mir ein
Radfahrer entgegen, der meine sich aufdrängende Vermutung
bestätigte und mir sagte, dass ich hier falsch sei. Also zurück und
in die andere Richtung, wo ich wieder unter einem Dutzend
anderer Pilger war.

Der Weg führte am Flughafen Santiago vorbei, dessen Anfang
der Startbahn komplett aufgeschüttet werden musste, um eine
ausreichend lange Ebene zu erhalten, was auch sehr interessant
ausgesehen hat. Danach führte der Weg um einen Campingplatz
und anschließend auf den Monte do Gozo, die letzte Anhöhe,
bevor es runter nach Santiago ging. Von dort oben konnte ich
schon einen Teil von Santiago sehen, was ein erhebender Augen-
blick für mich war. Ich machte eine letzte Pause bei einer kleinen
Kapelle, neben der ein provisorischer Kiosk stand. Es war kalt
und es tröpfelte immer wieder leicht. Der Wind dort oben tat
sein Übriges. Die alte Verkäuferin hatte es sich im Kiosk gemütlich gemacht. Sie hatte einen alten Radioapparat, der eingeschaltet war. Es lief irgendein Sender, der Popmusik spielte.
Als ich nähertrat, um eine Limonade zu kaufen, konnte ich die
warme Luft spüren, die aus dem Kiosk strömte. Leider hatte
sie so wie überall in Spanien nur gut gekühlte Limonade. Aber
ich war durstig, hatte lieber ein kaltes Getränk als gar keines
und kaufte eine Dose. Doch bevor ich sie öffnete, ging ich in
die Kapelle, um mich zu bedanken. Ich dankte der höheren
Macht, vielleicht meinem Schutzengel, meinem „Gott", dass
ich es schaffen durfte und alles so kam, dass ich daran wachsen
konnte. Ich bedankte mich auch bei Ines, durch die mir diese
Reise erst ermöglicht wurde. Ich bat auch darum, dass meine
Familie und ich weiterhin beschützt werden.

Dann verließ ich die Kapelle wieder, um meine Limonade zu trinken. Nach dem ersten Schluck bildete ich mir ein, ein bekanntes Lied von Bob Marley zu hören. Es war allerdings so leise, dass ich mir nicht wirklich sicher war. Ich vermutete, dass es nur vom Kiosk kommen konnte, trat näher und konnte immer deutlicher hören, dass ich recht hatte. Genau in dem Moment, als ich die Kapelle verließ, wurde im Radio unser Hochzeitslied „is this love" gespielt. Es war unglaublich und ich bekam Gänsehaut. Das muss eindeutig die Antwort auf mein „Gebet" gewesen sein. Ich war so gerührt, dass mir die Tränen kamen. Als ich mich nach wenigen Minuten wieder beruhigt hatte, machte ich mich befreit an den Abstieg nach Santiago. Die Beschilderung in Santiago war auch nicht unbedingt üppig und so schaffte ich es zum zweiten Mal an diesem Tag, mich zu vergehen und noch ein paar weitere Meter extra zu machen. Ich erfragte mehrmals den Weg und erreichte die Altstadt über eine andere Straße, wo ich allerdings wieder nicht wusste, welcher Weg zur Kathedrale führte. Ich sah einen spanischen Pilger mit suchendem Blick um sich schauen. Er hatte auch keine Idee, welche der vielen Wege in der unübersichtlichen Altstadt zur Kathedrale führte. Aber er hatte natürlich keine sprachlichen Barrieren zu überwinden, als er die Passanten nach dem Weg fragte, und ich hielt mich an ihn. Nach ein paar Hundert Metern tauchte die Kathedrale zu meiner Linken auf. Ich überquerte ihren Vorplatz und ging bis zum Rathaus, um die riesige Kathedrale gut sehen zu können und auf ein Foto zu bekommen. Und da war ich! Als ich vor knapp fünf Wochen und knapp 800 Kilometern in St.-Jean-Pied-de-Port gestartet bin, konnte ich mir nicht vorstellen, hier zu stehen, geschweige denn, wie ich mich dabei fühlen würde. Nun ging es mir irgendwie so ähnlich. Ich wusste nicht, was ich davon halten sollte. Es war ein riesiger Ozean an Gefühlen. Lachen und Weinen lagen nah aneinander. Ich konnte lachen und musste im nächsten Moment weinen. Ich war so froh, erleichtert und stolz auf mich, und auf der anderen Seite bedauerte ich, dass es schon vorbei war. Denn so sehr ich den

Camino verfluchte, so sehr liebte ich ihn auch. Ich dachte an die grenzenlose Freiheit, die ich bei diesem großen Abenteuer erleben durfte. Schließlich konnte ich sprechen, mit wem ich wollte, gehen, so weit ich wollte, bleiben, wo ich wollte, essen, wann und was ich wollte, je nach Angebot, schlafen, so lange ich wollte, war den ganzen Tag an der frischen Luft und habe jeden Tag etwas Neues gesehen.

Ich saß noch eine Weile am Boden, rauchte ein paar Zigaretten, versuchte zu begreifen, dass ich angekommen bin, und informierte meine Verwandten, dass ich es geschafft habe. Danach kämpfte ich mich durch eine 1. Mai-Demo zum Pilgerbüro, um meine „Compostela", die Urkunde zu meiner Pilgerreise, zu holen. Ich war immer noch ganz durch den Wind, setzte mich noch mal auf den Platz vor der Kathedrale und rauchte ein paar weitere Zigaretten. Mittlerweile rauchte ich schon ungefähr eine Packung am Tag, was sehr viel für mich war. Ich wollte es auch noch ausnutzen, bevor ich am Ende der Welt damit aufhören wollte.

Ich wollte den Moment noch ein wenig auskosten und erinnerte mich an viele Situationen und Personen, die den Jakobsweg prägten und ihn zu meinem Camino machten. Es bewegte mich so sehr, dass mir endgültig die Tränen kamen.

Danach atmete ich tief durch und suchte meine Pension, die ich auch gleich fand. Nachdem ich etwas zur Ruhe gekommen bin, hat mir Sven in einer SMS geschrieben, dass er auch schon in Santiago sei. Am Abend trafen wir uns, haben gemeinsam gegessen und gefeiert. Kate und Anita haben es heute leider noch nicht bis nach Santiago geschafft.

Als wir in der Nacht noch in eine andere Tapas-Bar wechselten, traf ich dort den crazy canadian guy Ken. Wir gratulierten uns, dass wir es geschafft haben, und stießen darauf an. Er wollte, dass Sven und ich noch zu einer Pilgerparty mitkommen, was aber kurz vor Mitternacht eindeutig zu viel gewesen wäre, und ich zog das Bett vor. Ich glaube, ich bin langsam im Laufe des Abends auch geistig in Santiago angekommen und war einfach zufrieden.

Tag 34, Ruhetag in Santiago

Es war ein weiterer regnerischer Tag, und ich wusste gar nicht so recht, was ich mit der ganzen Zeit anfangen sollte. Ich brachte meine Wäsche in die Reinigung, besichtigte die Altstadt, kaufte Souvenirs und eine neue Jakobsmuschel, da ich die, die mich über den Jakobsweg begleitet hat, in Finisterre ins Meer werfen wollte. Dann besichtigte ich die Kathedrale und entließ mich endgültig aus der Pilgerschaft, indem ich die Statue des heiligen Jakobus berührte und an der Pilgermesse teilnahm. Nachdem ich meine Wäsche wieder abgeholt hatte, traf ich mich wieder mit Sven. Zufälligerweise trafen wir auch auf Elke und Helmut und wir verbrachten einen gemütlichen und lustigen Abend zu viert, bevor wir uns endgültig und innig verabschiedeten.

Ausblick vom Park auf Altstadt und Kathedrale.

Gemütlicher Ausklang mit Helmut, Elke und Sven.

Tag 35, Reise nach Finisterre

Nachdem ich mir am Vortag ein günstiges Zimmer für eine Nacht in Finisterre gebucht hatte, um ausreichend Zeit für „das Ende der Welt" und mein Ritual zu haben, ging ich am Vormittag zum Busbahnhof. Dort musste ich an die vielen besonderen Menschen denken, die ich kennenlernen durfte, besonders an Sven, der in so kurzer Zeit zu so was wie einem Freund geworden ist. Ich musste weinen – schon wieder. Ich schrieb ihm eine Abschieds-SMS, bedankte mich für seine Bekanntschaft und wünschte ihm alles Gute für die Zukunft sowie einen schönen Kurzurlaub mit seiner Freundin, zu der er heute flog. Er antwortete, dass es ihn auch sehr freuen würde, wenn wir den Kontakt aufrechterhalten könnten, was mich wiederum sehr freute und aufmunterte.

Die dreistündige Busfahrt habe ich sehr genossen. Es war nach fünf Wochen das erste Verkehrsmittel, das ich benutzte. Doch die Geschwindigkeit beeindruckte mich eigenartigerweise nicht sonderlich. Ungefähr 100 Kilometer weit in drei Stunden zu kommen, erschien mir sogar sehr langsam, schließlich könnte ich zu Fuß in drei Stunden auch 15 Kilometer weit gehen.

Ich war voller Vorfreude auf Finisterre, von dem ich schon so viel gehört habe. In meiner Fantasie war es ein romantisches, authentisches Fischerdorf, das man gesehen haben muss. Nach zweistündiger Fahrt der Küste entlang wendete der Bus an der Endstation Finisterre kurz oberhalb der Marina. Im ersten Moment wollte ich nicht glauben, dass dies das Fischerstädtchen Finisterre sein sollte. Meine Erwartungen wurden mehr als enttäuscht. Die Marina war auf kleine Industriefischerei ausgelegt und war potthässlich, das gesamte Dorf war fast baufällig und versprühte keinen Charme mehr. Dafür waren die wenigen Restaurants überteuert. Es war so gut wie nichts los. Bis auf wenige Fischer, Kellner und vielleicht zwei Dutzend Pilger konnte man niemanden sehen. Weder Touristen noch Einheimische, fast schon wie eine Geisterstadt. Ich war froh, dass ich nicht hierher gepilgert bin, denn dann wäre meine Enttäuschung wahrscheinlich noch größer gewesen, nach so vielen schönen Dörfern und Städten, die ich am Weg querte. Ich suchte meine Pension, wurde am Ortsanfang fündig und checkte ein. Plötzlich kam der Sir, der ältere englische Pilger, herein und freute sich riesig, mich wiederzusehen. Er war nach einer Nacht in Santiago weitergegangen und soeben hier angekommen. Er wollte sich frisch machen und danach die drei Kilometer zum Leuchtturm spazieren, der den letzten und westlichsten Punkt Spaniens markierte. Danach kommt bis Amerika nur mehr Wasser.

Früher dachten die Menschen noch tatsächlich, dass hier das Ende der Welt wäre.

Die Playa de Langosteira kurz vor Finisterre.

Ich bezog mein Zimmer und machte einen Strandspazier-
gang über die zwei Kilometer lange und feinsandige Playa de
Langosteira, beobachtete dabei die zahlreichen Möwen. Für
kurze Zeit lachte sogar die Sonne vom Himmel und ich habe
am Strand eine kleine Jakobsmuschel gefunden. Der Sand wurde
trotzdem nicht warm und die Wassertemperatur lag eindeutig
unter 15°C, weshalb ich meine Schuhe nach wenigen Metern
wieder anzog. Ich wusste nicht so recht, was ich mit dem an-
gebrochenen Tag machen sollte, und beschloss, auch zum Leuchtturm zu spazieren.

Ich war neugierig, wie der Leuchtturm und das Ende der
Welt aussehen würden. Außerdem wollte ich sehen, ob es der
geeignete Ort für mein Ritual wäre, von dem ich schon länger
genaue Vorstellungen hatte.

Nach einer knappen Stunde war ich da. Vor mir der Leuchtturm und links davon ein Stein mit der Kilometerangabe 0,0.
Danach gab es nur noch ein Kreuz kurz vor dem steilen, felsigen

Abgrund und das weite Meer. Es war ein Ehrfurcht gebietender Anblick. Hinter dem Leuchtturm waren eine Handvoll Pilger und schwarzer Rauch stieg von einer Feuerstelle neben dem Kreuz auf. Mein englischer Freund war auch schon da. Er war ganz außer sich und freute sich wie ein kleines Kind. Ich war überrascht, denn bisher habe ich ihn nur als sehr feinen, emotionsfesten Menschen gekannt. Er hat mich irgendwie fasziniert. Er war siebzig Jahre alt und ging von St. Jean bis hierher in 28 Tagen. Ich würde ihn im positiven Sinn als Wildsau bezeichnen, der sein Ding durchzog.

Ganz aufgebracht erzählte er mir lachend, dass ein Pilger hier seinen Rucksack und die alten Wanderschuhe verbrannte, und sagte noch mal: „Look, look! The shoe is burning!" Langsam wurde er ruhiger, sprach ernst mit mir und wollte mir noch etwas auf meinen weiteren Weg mitgeben. Er sagte: „Love your wife, love your child and live your life! Everything you can imagine can come true. Everything is in your hand. You did the camino, so all your dreams can happen if you want!" Darauf gaben wir uns die Hand und er ging wieder zurück zur Pension. Ich realisierte erst zögerlich, was da soeben passiert war, und dachte, dass es unmöglich wahr sein konnte. Genau bei Kilometer 0,0, einem Höhepunkt und dem Ende meiner Reise, hörte ich diese Worte, die mir noch mal mehr Mut machten. Um dem näherzukommen, war einer der Hauptgründe, weswegen ich hier war. Es war wie eine Bestätigung, dass ich am richtigen Weg war, und ich sah es als Zeichen, dass ich positiv in eine familiäre und berufliche Zukunft blicken konnte. Ich war glücklich und freute mich auf zu Hause. Ich genoss noch eine Weile die Aussicht auf das schier endlose Meer, genoss den Moment und ging dann auch wieder zurück nach Finisterre.

Tag 36, 37 und 38,
Rückreise nach Santiago und Judenburg

Ich wachte schon vor sechs Uhr auf und war voller Taten-
drang. Ich freute mich darauf, mein Abschiedsritual zu voll-
ziehen, machte mich sogleich fertig und rauchte inzwischen
immer wieder eine Zigarette. Es war noch dunkel, und als ich
das Zimmerfenster öffnete, konnte ich hören, dass es wieder
mal regnete. Bewaffnet mit meinem Poncho, der halb vollen
Zigarettenschachtel, der Unterhose, die mich im Schritt wund
gerieben hat, und der Jakobsmuschel, die mich auf meiner Reise
begleitete, machte ich mich auf den Weg zum Leuchtturm. Auf
halbem Weg konnte ich das rotierende Licht des Leuchtturmes
sehen und es wurde langsam hell. Am Weg rauchte ich auch
wieder ein paar Zigaretten. Der Regen hörte wieder auf und nach
einer Dreiviertelstunde war ich draußen am Kap beim Leuchtturm. Ich war der einzige Mensch dort um die Uhrzeit und
ich suchte mir hinter dem Leuchtturm einen geeigneten Platz
zwischen den Felsen am Abhang. Ich musste aufpassen, da die
regennassen Felsen rutschig waren. Ich lauschte dem unruhigen
Meer und ließ die Reise noch mal Revue passieren. Dann nahm
ich die Jakobsmuschel und warf sie ins Meer. Anschließend legte
ich meine Unterhose, die trotz Wäscherei immer noch einen
riesigen Fettfleck wegen meiner Wundversorgung im Schritt
hatte, auf den Felsen und entzündete meine letzte Zigarette.
Es war die siebente Zigarette diesen Morgen auf nüchternen
Magen, was mir nicht mal mehr Probleme bereitete. Es war
wirklich höchste Zeit, das Teufelszeug aufzugeben.

Langsam wurde es hell. Im Hintergrund das Licht des Leuchtturms.

Die Aussicht bei meinem Ritual hinter dem Leuchtturm.

Das Feuerzeug war fast leer. Nach mehreren Versuchen reichte das Gas gerade noch, um die Unterhose zu entzünden. Ich wartete, bis die Unterhose gut brannte, legte die Zigarettenpackung mit den restlichen Zigaretten drauf und sah dem Feuer zu. Als ich die letzte Zigarette fertiggeraucht hatte, verabschiedete ich mich davon, sagte, dass ich sie nicht mehr brauche, und warf den Stummel auch ins Feuer. Ich erinnerte mich an die Worte des Engländers, der mir sagte, dass ich alles schaffen kann, wenn ich will. Ich wartete noch, bis das Feuer ausging, und machte mich befreit und voller Hoffnung auf den Rückweg, auf dem mir die ersten Pilger entgegenkamen.

Ich machte mich frisch und ging frühstücken, da es im Zimmerpreis enthalten war. Am Nebentisch saßen ein Australier, ein Südafrikaner und der Engländer. Ich sagte ihm, dass es mich sehr gefreut hat, seine Bekanntschaft gemacht zu haben, bedankte mich für seine motivierenden Worte und erzählte, dass ich seit zwei Stunden Nichtraucher sei. Er war sehr stolz auf mich und ich konnte sehen, dass er sich sehr freute, dass seine Worte gehört wurden und nicht abgeprallt sind. Ich fragte nach seinem Namen. Er hieß James. Ich dachte mir, dass es keinen passenderen Namen für ihn geben könnte. James, der Sir aus dem Vereinigten Königreich. Ich wollte ihm zum Dank die Hand schütteln, worauf er aufstand, wir uns umarmten und verabschiedeten, was mich sehr rührte.

Danach ging ich in eine Bar gegenüber der Bushaltestelle, um mir die Wartezeit zu vertreiben, und hatte Lust auf eine Zigarette. Ich kaufte mir Kaugummis und hoffte, dass das nicht den ganzen Tag anhalten würde.

In der Altstadt Santiagos nahm ich mir ein Zimmer in einer Pension und feierte mit ein paar Einheimischen bis in die Morgenstunden. Trotz ausgeprägter Gedächtnislücken war ich mir sicher, nicht geraucht zu haben. Möglicherweise war der Alkohol meine Ersatzbefriedigung. Jedenfalls wachte ich zu Mittag in meinem Zimmer wieder auf und musste mich erst mal orientieren, wo ich war. Das war aber nicht nur wegen des Alkohols, sondern dieses unangenehme Phänomen hatte ich die letzten Nächte öfters. Ich schätze, es waren die zahlreichen Orte, die ich am Camino passierte, und die Tatsache, dass ich jede Nacht woanders verbracht habe.

Mir war noch den ganzen Tag schlecht und ich wollte nur noch nach Hause. Wenigstens hatte es eine gute Seite, denn ich habe nicht eine Sekunde an eine Zigarette gedacht.

Es war nur noch ein Warten auf den Rückflug am nächsten Tag. Nach einer langen Nacht bei schlechtem Schlaf war der große Tag endlich gekommen. Es fühlte sich an, als wäre ich schon eine Ewigkeit auf Reisen, und ich freute mich auf meine Familie, die mich dann mitten in der Nacht vom Flughafen abgeholt hatte. Sie wiederzusehen, war ein sehr schöner, aber schwer zu beschreibender Moment. Es fühlte sich so unwirklich an. Leonard hat sich in dieser Zeit stark entwickelt und ist ein deutliches Stück gewachsen. Die Veränderung war für mich eigenartig, da sie mit meiner Erinnerung an ihn nicht mehr ganz übereinstimmte, und machte mir deutlich, wie schnell Kinder groß werden.

Ich war angekommen! Ich war zu Hause bei und mit meiner Familie. Sie waren das Einzige, was ich auf meiner Reise vermisst hatte, und ich war froh, dass ich wieder bei ihnen war.

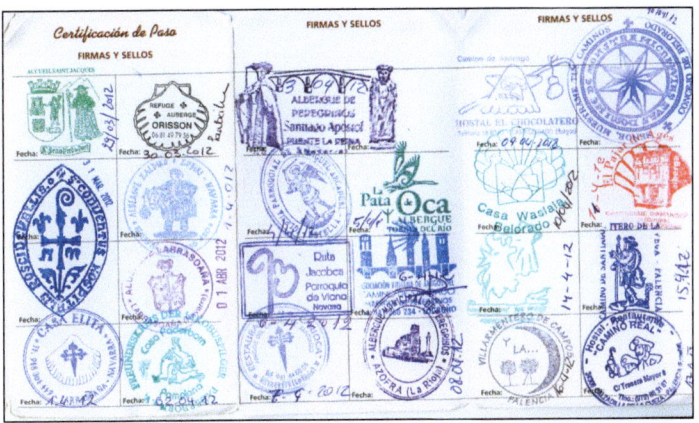

Der bis auf den letzten Platz gefüllte Pilgerpass.

CAPITULUM hujus Almae Apostolicae et Metropolitanae Ecclesiae Compostellanae sigilli Altaris Beati Jacobi Apostoli custos, ut omnibus Fidelibus et Peregrinis ex toto terrarum Orbe, devotionis affectu vel voti causa, ad limina Apostoli Nostri Hispaniarum Patroni ac Tutelaris **SANCTI JACOBI** convenientibus, authenticas visitationis litteras expediat, omnibus et singulis praesentes inspecturis, notum facit: Dnum

Robertum Rauscher

hoc sacratissimum Templum pietatis causa devote visitasse. In quorum fidem praesentes litteras, sigillo ejusdem Sanctae Ecclesiae munitas, ei confero.

Datum Compostellae die 1 mensis Maii anno Dni 2012 .

Canonicus Deputatus pro Peregrinis

Meine Compostela!

NACHWORT

Jeder Mensch, der sich dazu entschließt, zum Pilger zu werden, und diesen historischen Weg bestreitet, hat eine andere Geschichte und andere Beweggründe, warum er dies tut. Für einige unter ihnen mögen sportliche, kulturelle oder religiöse Gründe im Vordergrund stehen. Für andere ist es einfach eine günstige und schöne Art, um Nordspanien kennenzulernen. Diese oder ähnliche Motive sind die einfacheren Erwartungen an den Jakobsweg, die der Camino de Santiago locker und ausreichend befriedigen kann. Die meisten Pilger der heutigen Zeit haben allerdings einen anderen Hintergrund, nämlich einen spirituellen, und das nicht ohne Grund. In unserer schnelllebigen und globalisierten Welt wird es, hineingepresst in ein starres Gesellschaftssystem, immer schwieriger, sich selbst zu finden. Ich bin davon überzeugt, dass viele Krankheiten wie Depressionen darin ihren Ursprung haben können. Jeden Tag brauchen wir unzählige Masken, um problemlos durch den Alltag zu kommen und dabei ja nicht negativ in der Gesellschaft aufzufallen oder uns gar zu blamieren. Im gewissen Maße sind sie auch notwendig, da sonst ein Zusammenleben kaum möglich wäre. Allerdings sollten sie auf ein Minimum reduziert werden, da die Gefahr groß ist, zu vergessen, wer man darunter ist und was derjenige eigentlich will. Mir ist es so ergangen und mir ist es 28 Jahre lang nicht mal aufgefallen. Nicht einen Gedanken daran habe ich verschwendet, mich zu fragen, wer ich bin und was ich wirklich will. Wieso hätte ich das auch tun sollen? Ich bin doch immer gut mit der Strömung mitgeschwommen. Erst als mich ein kleiner Stich ins Herz unverhältnismäßig tief getroffen hat, wurde mir klar, dass in meinem Leben etwas nicht stimmte. Plötzlich stand ich vor einem Trümmerhaufen und wusste nicht mehr, wie es weitergehen soll. Hinweise darauf, dass ich nicht auf meinem Weg und von mir selbst fern war, gab es genug. Ernst genommen habe ich sie aber nicht. Zu sehr fühlte ich mich in der Gesellschaft verankert und sah die Zeichen eher als Schwäche. Erst als sich mein letztes Stückchen Selbstvertrauen und Selbstwertgefühl verabschiedet hat und ich mich in einer enorm tiefen Lebenskrise wiederfand, kam ich zwangsläufig auf die Frage, wer ich bin. In meiner Panik wusste ich nicht, in welcher Ecke ich zu suchen beginnen sollte. Ich war ratlos. Schließlich habe ich nie zuvor gelernt, mich mit mir und meinem Geist zu beschäftigen und auf mein Innerstes zu hören. Zu groß war die Angst und zu mühsam schien es, sich auf unbekannten Wegen über steiniges Terrain zu wagen. Ich hatte einen Punkt erreicht, an dem ich nicht mehr funktionierte und etwas ändern musste. Die Gesprächstherapien halfen zwar, meine Einstellung zu verbessern, konnten mir aber aus der Situation nicht heraushelfen. Ich wusste, dass nur ich mir selbst helfen kann.

Neben dem Fluchtgedanken, durch den ich auf den Jakobsweg gekommen bin, wurde auch der spirituelle Gedanke größer und wurde genährt durch Bücher von Paulo Coelho oder Shirley McLane.

Doch spirituelle Erwartungen an den Jakobsweg sind etwas schwieriger zu erfüllen als zum Beispiel kulturelle. Man sollte die Erwartungen nicht zu hoch schrauben, denn ich kenne niemanden, der als Erleuchteter zurückgekommen ist. Aber ich denke, dass viel von der Einstellung und dem Willen des Einzelnen abhängt, inwieweit der Camino einen persönlich weiterbringt. Ich kann natürlich nur von mir und meinen Erfahrungen erzählen. Da der Camino in vielen Punkten mit der größten Wallfahrt, unserem Leben, vergleichbar ist, wird man wahrscheinlich auch dort auf seine Probleme, Sorgen usw. stoßen und man kann in diesem kleinen Rahmen lernen, besser damit umzugehen.

„Mein" Camino war wie für mich zugeschnitten und ich bin der Meinung, dass jeder, der sich darauf einlässt, durch den Camino genau die Hilfe bekommt, die sie oder er braucht, um sich persönlich weiterentwickeln zu können.

Zu Beginn meiner Wanderung war ich von einer kleinen Gruppe von netten Pilgern umgeben, die mich in gewisser Weise etwas mitgezogen haben und ohne die ich wahrscheinlich am Rande der Verzweiflung gewesen wäre. Dann musste ich mich von ihnen loslösen und alleine mit meinen körperlichen und mentalen Tiefpunkten zurechtkommen. Das Wetter forderte mich zusätzlich und stellte mich auf eine harte Probe. Aber bei meinen markanten Durchhängern konnte mich immer irgendjemand oder irgendetwas so motivieren, dass ich weitergehen wollte. So wie Roland in Carrión de los Condes. Irgendwann, nach dem zehnten oder elften körperlichen Problem, lernte ich langsam, mit meinen Ängsten besser umzugehen. Der von mir so lebhaft ausgeschmückte „worst case'" ist nicht eingetreten und ich lebe noch. Also habe ich irgendwann auch meine Angst davor in den Griff bekommen und konnte den Weg mehr genießen. Langsam wuchs mein Vertrauen, ich konnte mich ganz auf mein Bauchgefühl verlassen und habe mich dabei gut aufgehoben, sogar beschützt gefühlt.

Ich hatte viele weitere Begegnungen mit Menschen, die meinen Horizont erweitert haben, und konnte davon etwas mitnehmen. Später traf ich wieder auf Elke, die mir als Bestätigung diente, als sie sagte, dass ich viel über mich und meine Ängste gelernt haben muss, da sie glaubte, dass ich schon längst wieder zu Hause wäre. Nicht zu vergessen, dass ich nach meinen Dankesworten bei meiner letzten Pause unser Hochzeitslied gehört habe oder die krönenden Abschlussworte von „Sir" James am Leuchtturm.

Spätestens seit dem Jakobsweg glaube ich nicht mehr so sehr an Zufälle, sondern eher an Bestimmung, was mir Kraft und Sicherheit gibt.

Der Camino hat mich fertiggemacht, doch er hat mir viel mehr zurückgegeben, als er gefordert hat, und ich bin stärker nach Hause gekommen, als ich gegangen bin.

Leider bin ich in besonderem Maße ein Gewohnheitstier, habe erholt und gestärkt Schritt für Schritt meinen gewohnten Alltag wieder aufgenommen und auch wieder langsam dieses Gefühl, diese Stärke verloren. Ich habe meine beruflichen Pläne in die

Zukunft verschoben und habe nicht mehr an meiner nun für mich lebbaren privaten Situation weitergearbeitet, obwohl ich spürte, dass es noch manchmal in mir kränkelte. Der Camino gab mir ein gutes Fundament mit. Heute kann ich sagen, dass ich mir selber was vorgemacht habe, denn ich habe statt eines guten Fundaments wohl eher ein fast fertiges Haus gesehen und habe mich einfach dort hineingesetzt und gedacht, dass sich der Rest von alleine erledigen würde. Es war fast so, als hätte ich vergessen, wie hart ich mir diese Stärke erarbeiten musste. Ich hatte vergessen, wie weit ich gehen musste, um meine Zeichen, am richtigen Weg zu sein, zu erhalten. Sie sind mir nicht zugeflogen, ich bin zu ihnen gegangen.

Doch möglicherweise war mir auch das vorherbestimmt und gehört zu meinem Weg. Denn erst jetzt, als mein imaginäres Haus wieder eingestürzt ist und ich nochmals im Sturm stehe, habe ich meine Lehren daraus gezogen und werde wieder auf meinen Weg zurückkehren und weitergehen. Denn ich weiß, dass mein Ziel erreichbar ist, und ich werde nicht mehr auf halbem Weg stehen bleiben oder gar zurückgehen. Aus diesem Grund bin ich auch froh, meine Erlebnisse in diesen Zeilen zusammengefasst zu haben, um mich besser daran erinnern zu können und ein kleines Stück Mut und Stärke darin zu finden, wenn ich es brauche.

Die Frage, wer ich sei, kann ich natürlich noch nicht wirklich beantworten. Ich denke, die meisten Menschen könnten auf diese Frage keine Antwort geben. Ich glaube, bei dieser Frage handelt es sich um eine Lebensaufgabe. Aber vor wenigen Monaten konnte ich noch gar keine Antwort auf diese Frage geben, nun kann ich wenigstens grobe Umrisse beschreiben und eine vage Richtung angeben, in der ich zu Hause sein könnte.

Der Jakobsweg war eine der besten Schulen, in der ich war, eine Schule des Lebens. Es war das Beste, was ich mir je angetan habe.

Viel zu lange und geschickt habe ich das Leben von mir ferngehalten, hatte Angst davor und die dumme Meinung, dass keine

Neuigkeiten gute Neuigkeiten wären, da es zumindest nichts Schlechtes zu berichten gibt. Viel zu lange habe ich gedacht, dass ich nach der Schule nichts mehr zu lernen bräuchte. Dabei stehe ich erst am Anfang des Lernens und des Willens dazu, und einen großen Anteil am Grundstein dazu hat eben der Camino gelegt.

Den Grundstein hätte ich aber nie ohne meine Frau Ines gelegt, die mir die Augen geöffnet hat und in jeder Situation für mich da und mir eine starke Schulter war. Sie war es, die mir den Mut dazu machte und die Wichtigkeit für mich erkannte. Sie nahm den 24-Stunden-Job auf sich und kümmerte sich alleine um unseren kleinen Sohn und den Haushalt und ließ mich gehen.

Davor habe ich enormen Respekt und ich möchte mich dafür, dass Du mir das ermöglicht hast, aus tiefstem Herzen danken, Ines! Danke auch, dass Du und Leonard in Gedanken und Herzen bei mir wart und mich begleitet habt! Danke an alle anderen Familienmitglieder, die mich unterstützt haben und an mich glauben!

Der Weg ist das Ziel!

Der Autor

Robert Rauscher, Jahrgang 1983, lebt in Fohnsdorf,
Österreich. Nach seiner Schulzeit besuchte er
die HTL Zeltweg, Fachrichtung Maschinenbau.
Danach absolvierte er den Präsenzdienst in Zelt-
weg mit Grenzeinsatz im Burgenland. Die darauf
folgenden zehn Jahre arbeitete er als Konstrukteur,
momentan befindet er sich in der Umschulung zum
Zerspannungstechniker.
In seiner Freizeit trifft er sich gerne mit Freunden.
Er hat zwei kleine Kinder. „Der Weg ist das Ziel –
Ein Suchender auf dem Weg nach Santiago" ist
sein erstes Buch.

Der Verlag

> *Wer aufhört*
> *besser zu werden,*
> *hat aufgehört*
> *gut zu sein!*

Basierend auf diesem Motto ist es dem novum Verlag
ein Anliegen neue Manuskripte aufzuspüren, zu ver-
öffentlichen und deren Autoren langfristig zu fördern.
Mittlerweile gilt der 1997 gegründete und mehrfach
prämierte Verlag als Spezialist für Neuautoren in
Deutschland, Österreich und der Schweiz.

**Für jedes neue Manuskript wird innerhalb
weniger Wochen eine kostenfreie, unverbind-
liche Lektorats-Prüfung erstellt.**

Weitere Informationen zum Verlag und
seinen Büchern finden Sie im Internet unter:

www.novumverlag.com